LE GARDIEN DU PHARE

Née à Paris en 1948, Catherine Hermary-Vieille alterne les biographies et les romans avec succès. Elle a obtenu de nombreuses récompenses littéraires, dont le prix Femina pour *Le Grand Vizir de la nuit*, le prix des Maisons de la Presse pour *Un amour fou* et le Grand Prix RTL pour *L'Infidèle*. Elle vit aujourd'hui en Virginie, aux États-Unis.

Paru dans Le Livre de Poche :

La Bourbonnaise

Le Crépuscule des rois
1. La Rose d'Anjou
2. Reines de cœur
3. Les Lionnes d'Angleterre

Les Dames de Brières
1. Les Dames de Brières
2. L'Étang du diable
3. La Fille du feu

Lord James

CATHERINE HERMARY-VIEILLE

Le Gardien du phare

ROMAN

ALBIN MICHEL

© Éditions Albin Michel, 2007.
ISBN : 978-2-253-12838-0 – 1ʳᵉ publication LGF

*À Maëlle Guillaud, mon éditrice
et ma compagne de route pour ce livre,
toujours présente
dans les moments difficiles.*

« Je ne serai pour personne une excuse,
pour personne un exemple. »

ARAGON, *Le Libertinage*.

– Inutile de s'acharner, elles sont perdues.

Les bourrasques de vent ébranlaient les châssis des deux fenêtres donnant sur la mer. Comme les vagues qui battaient les rocs, le ciel était gris, écumeux.

– Je sais.

Le prêtre et son interlocuteur évitaient de se regarder. En dépit du dénouement inexorable, ils se sentaient honteux de devoir renoncer.

– Elles sont entre les mains de Dieu, prononça enfin le religieux.

Le docteur Trébois ne répondit pas. Dieu pouvait-Il arrêter le courant qui entraînait ces trois femmes vers le large, était-Il désireux d'étouffer le vent ?

– Qui aurait pu penser que ces malheureuses sombreraient ensemble ! soupira le père Leblanc.

Le docteur se leva, tapa sa pipe sur le rebord de la table. Le vent forcissait, le ciel était griffé de pourpre.

– Il faut penser aux vivants, mon père.

– On peut aussi déjouer la mort, assura le vieux prêtre en boutonnant son paletot de laine. On peut espérer.

2 novembre 1897

— Où avons-nous échoué, Camille, Anne et moi ? L'îlot est singulier et, sans la lumière du phare qui semblait nous guider, nous aurions été toutes trois englouties. Combien d'heures avons-nous dérivé ? Le brouillard est épais et je ne peux me faire une idée précise de ce qui nous entoure : des rocs, je présume, du sable, des arbustes rabougris, une lande aride, un chenal où s'engouffre la mer qui nous sépare du phare.

Emmitouflée dans son manteau, Camille s'est endormie. Pourquoi suis-je condamnée à vivre à ses côtés dans cet endroit désolé ? Jamais je n'ai eu de sympathie pour elle. Inutile comme toujours, Anne ne dit rien. Une hypocrite. Tout le monde sur l'île aux Chiens sait à quoi s'en tenir sur son compte. Quand elle passait dans la rue, ne voyait-elle pas les sourires ironiques, n'entendait-elle pas les mots méchants ?

J'ai froid, j'ai peur, mais ce voyage, je l'ai voulu. Je ne regrette pas ma décision.

On va renoncer à nous récupérer. Qu'ont-ils à faire de nous : une traînée, une aveugle et une étrangère ? Pour les autres, nous sommes déjà mortes.

Anne détourna la tête. Mathilde se parlait à elle-même, un monologue sombre comme les rares conversations qu'elle consentait à soutenir, comme son esprit toujours perdu en lui-même, prisonnier d'amertumes, de regrets, de doutes qu'elle régurgitait à la face des siens. Une âme violente, sauvage qui se fracassait aux quatre coins de l'île.

Comment en étaient-elles arrivées là toutes les trois ? Pourquoi avaient-elles sombré ensemble ? Allaient-elles devoir vivre côte à côte sur cet îlot sauvage ?

La lumière du phare trouait la nuit. Anne y porta son regard. Dès le lendemain, elle tenterait de franchir le chenal, de forcer la porte, d'interpeller son gardien. Il les accueillerait, les réchaufferait, les nourrirait. Là-haut enfin elle pourrait s'endormir, oublier Vincent.

Pelotonnée dans son manteau, Camille ne bougeait pas. Elle ne voulait pas de la pitié des deux autres femmes, refusait leurs paroles compatissantes. Des bons sentiments, elle était rassasiée jusqu'à la nausée. Enfin elle était seule avec elle-même dans un lieu où elle n'avait pas peur. Mathilde venait de parler d'un phare, elle tentait de l'imaginer, de se réchauffer à sa lumière. Seule sa nuit l'enveloppait avec le souvenir d'un choc brutal, la certitude que sa précaire embarcation se disloquait. De ce désastre, elle ressortait différente, libérée. Elle n'utiliserait plus de canne, n'aurait plus jamais à tendre les bras pour avancer à tâtons. Loin d'être hostile, l'îlot était un refuge.

3 novembre

Quoiqu'il fasse enfin jour, la brume qui nous ensevelit efface le paysage. Aucun retour en arrière n'est possible et notre seul espoir est le gardien du phare. Mais aucun signe ne vient de la tour grise plantée au-delà du chenal. Tôt ou tard, il faudra bien qu'il s'aperçoive de notre présence, à moins qu'il ne fasse comme ceux de l'île aux Chiens, qu'il se lave les mains de notre sort.

J'ai fait quelques pas. Des rocs cernent l'île de toutes parts. Dans le brouillard, on devine leurs masses rondes, on entend le fracas des vagues qui s'y brisent. Aucun oiseau de mer.

J'aime me savoir seule, loin de ces crétins de l'île aux Chiens. Avec la fin de la saison de pêche, ils vont se terrer dans leurs cahutes, ingurgiter jusqu'à plus soif de la bière de genièvre, se bercer de leurs vieilles histoires. Qui se soucie du nombre de morues qu'ils ont pêchées ? n'ont-ils rien d'autre dans le ventre que la volonté de dépecer des poissons, de les saler, de les mettre en barriques ? d'autres ambitions que de se casser le dos et se blesser les mains à ce travail de damnés ? Je ne fais pas partie de ce monde, je le vomis. Alors pourquoi faut-il qu'en voulant le fuir, je me sois échouée ici, dans cet endroit qui ne ressemble à rien avec Anne Leclerc et Camille Bonenfant ? Je voulais être seule. Elles me dérangent, m'encombrent. Qu'elles aillent au diable !

Sans joie Camille accepta de tendre la main.
– Il y a un phare sur cette île, expliqua Anne, nous allons attirer l'attention de son gardien.
– Existe-t-il seulement ? demanda la jeune fille.
Anne resta interloquée. L'idée qu'elles puissent être abandonnées à elles-mêmes ne lui était pas venue à l'esprit. Que deviendraient-elles alors ?
– Les phares sont toujours habités.
Camille humait le vent. Il était plus parfumé, plus subtil que sur l'île aux Chiens, comme s'il levait sur son passage des fragrances inconnues. L'îlot ne devait pas être aussi désolé qu'Anne le prétendait. Elle devinait des espaces protégés où croissait une vie inconnue, s'épanouissaient des espèces que les voyants n'avaient jamais contemplées. Un bonheur étrange l'envahissait d'être seule à le savoir.
Les deux femmes étaient arrivées au bord du chenal où la mer, chassée par un puissant ressac, écumait. Anne discernait le haut édifice de pierres grises au sommet duquel une faible lumière irradiait. Aucun signe de vie ne s'y manifestait.

– Cet homme ne peut nous entendre, affirma Anne, allons-nous-en. Tôt ou tard, il viendra vers nous.

Mathilde avait allumé un feu. La lueur des flammes maculait le brouillard de taches rougeâtres, teintait de cuivre la peau de la jeune fille, la masse de ses cheveux auburn collés par le sel. Pour la première fois, Anne découvrit en Mathilde de la vulnérabilité et ce trait nouveau de sa personnalité la troubla. Et elle, comment la jugeait-on sur l'île aux Chiens ? Comme une femme ayant débauché un homme marié ?

– Nous venons du phare, dit-elle.

Mathilde ne détourna pas même la tête.

– J'y ai été ce matin, j'ai appelé et jeté des pierres sur les murs. Il est inhabité.

– Et la lumière ?

– Un simple mouvement d'horlogerie la déclenche à heure fixe.

– Je ne pense pas, dit Camille.

Mathilde eut un sourire ironique.

– Les aveugles auraient-ils des pouvoirs divinatoires ?

– Je sens une présence, s'entêta la jeune fille.

Elle savait que son monde n'était pas celui des voyants. Ses sens, ses pensées, ses rêves mêmes étaient différents. L'îlot où elle était échouée n'était qu'à elle. Près du phare, elle se sentait en sécurité.

La brume se faisait moins dense. Anne découvrait derrière Mathilde des buissons d'épineux, des bandes d'un sable gris parsemé de coquilles vides blanchies par les marées, des galets où s'incrustaient des lichens. La température était trop douce pour le mois de novembre. Où le hasard les avait-il poussées ?

Anne pensa à Vincent, elle savait que jamais plus elle ne le reverrait. Apprendrait-il un jour sa disparition ? La dernière lettre qu'elle lui avait adressée à Montréal était partie neuf mois plus tôt, juste après sa décision de porter sa propre mort, de la mener à terme.

En patientant dans l'antichambre du notaire, le docteur Trébois rassemblait ses idées. La traversée entre l'île aux Chiens et l'île Saint-Pierre avait été rude et il se sentait en piètre forme. Mais il devait tirer les choses au clair, savoir quelles mesures prendre dès que Anne Leclerc serait décédée, une affaire de deux ou trois jours, tout au plus. Quant aux familles de Camille et de Mathilde, elles n'avaient plus aucun espoir de retrouver leurs filles. Mathilde avait causé tant de difficultés aux Garrec que le docteur Trébois doutait de leur affliction, mais la mort de son enfant causerait un terrible problème à François. Orpheline de mère, la jeune fille avait hérité de celle-ci. À qui reviendrait la maison ? On disait ici et là que Madeleine Bonenfant avait déshérité et maudit son époux en mourant. Lui et lui seul, prétendait-elle, était responsable de la cécité de Camille dès la naissance, une malédiction divine provoquée par son beau-père qui avait engendré et abandonné un bâtard que la misère avait poussé au crime à la fin du siècle précédent. En dépit de messes, de prières, de neuvaines, de jeûnes, la vue n'avait pas été rendue à Camille, signe que Dieu n'avait pas pardonné.

Avec ses meubles de bois sombre, ses rideaux grenat, le bureau du notaire était austère. Devant le manteau de la cheminée, un poêle à bois ronflait. Trébois reconnaissait les gravures représentant des paysages marins, entendait le léger sifflement de la bouilloire de fonte posée sur le foyer, sentait l'odeur de bois de sapin, de poussière et d'huile de foie de morue dont la servante se servait pour lubrifier les gonds des portes et des fenêtres. Au-dessus du massif bureau de noyer, un Christ en bois pleurait du sang.

— J'ai lu avec attention votre lettre, docteur, cependant...

Aussitôt Trébois interrompit le petit homme sec vêtu de drap sombre.

— Je ne suis pas venu violer le secret d'un testament, cher maître. Mais il faut être réaliste. Anne Leclerc est considérée comme perdue par tous et moi le premier. Elle possède dans l'île aux Chiens une belle maison avec un jardin, a des parts dans la coopérative de salaison. Cette dame, quoique résidente chez nous, n'est pas de l'île, pas même de l'archipel.

Les langues vont bon train. Je ne vous demanderai pas qui sont ses héritiers légaux, mais quelques détails sur son passé afin que nous sachions si un étranger va venir s'emparer des biens qui font partie de notre île. Sa demeure est convoitée à la fois par la mairie, qui voudrait agrandir l'école, et par quelques particuliers, ses parts de la coopérative devraient revenir aux marins. Vous nous comprenez, n'est-ce pas ?

Maître Rocher resta pensif. Anne Leclerc officiellement était encore vivante et déjà on convoitait le peu qu'elle possédait.

– J'en ai parlé avec le curé, ajouta Trébois, comme pour justifier sa démarche. Les vivants, m'a-t-il affirmé, doivent passer avant les morts.

– La loi est la loi, trancha Rocher.

– Parfois oui, parfois non, prononça Trébois comme pour lui-même.

Un pâle soleil éclairait un bosquet de sapins plantés au fond du jardin du notaire. Au-dessus de la mer, des mouettes tournoyaient. « Encore quelques jours, songea Rocher, et l'île aux Chiens, comme le Grand Colombier, l'île Verte, l'île aux Vainqueurs, l'île aux Pigeons, sera isolée jusqu'au printemps. Les chances de survie d'Anne Leclerc étant inexistantes, pourrais-je en effet…? Le testament était rangé dans un classeur. Anne l'avait déposé deux mois plus tôt. Sur cette femme bizarre, il savait pas mal de choses. Le notaire de la ville des Trois Rivières, dans la province de Québec, était entré en relation avec lui. Son adresse était jointe au dossier et sa cliente l'avait autorisé à faire une enquête pour le bon aboutissement de ses dernières volontés au cas où il lui arriverait malheur.

– Je peux certes vous confier deux ou trois choses, convint-il en évitant de regarder Trébois dans les yeux. Des précisions sur sa situation familiale. Vous n'ignoriez pas que Mme Leclerc est canadienne ?

– Tout le monde sait cela, jeta Trébois d'un ton sec. Était-elle mariée, célibataire, quels genres de liens l'unissaient à cet homme qui lui rendait visite dans les dernières années ?

– Est-elle, corrigea Rocher. Je n'ai pas encore vu d'acte de décès.

– Me l'apprendriez-vous ? Je parle aujourd'hui en tant qu'ambassadeur des habitants de l'île, non comme médecin.

Dans le poêle, les braises rougeoyaient. Après la rapide tombée du jour, la pièce s'obscurcissait, la reproduction en bois foncé d'un gros ours servant de porte-parapluie prenait un air menaçant.

– Mme Leclerc est mariée et mère d'un petit garçon. Je suppose qu'après son décès ses biens reviendront à son fils.

– Est-ce possible ! Et qui donc était l'amant, l'homme qui venait chez elle ?

– Un écrivain de bonne renommée qui vit à Montréal avec sa femme et ses trois enfants.

– Elle aurait donc abandonné les siens.

– Mme Leclerc a quitté les Trois Rivières voici quatre ans pour ne jamais y revenir. Elle a acheté la maison que vous connaissez dans l'île aux Chiens, a acquis des parts de la coopérative. L'époux et l'enfant n'ont plus jamais reçu de ses nouvelles.

– Et cependant...

– Ils seront probablement les légataires universels, à moins que Mme Leclerc n'ait tout laissé à son amant, ce qui compliquerait énormément ma tâche car il faudrait alors calculer la part qui revient de droit à son fils. Nous saurons cela dans les jours qui viennent, n'est-ce pas votre avis ?

Trébois avait du mal à clarifier ses pensées. Jamais Anne Leclerc n'avait évoqué de liens familiaux. Deux ou trois fois l'an, elle recevait un homme discret. Ils restaient ensemble quelques jours, puis le visiteur repartait comme il était venu, suscitant les ragots les plus malveillants. En quatre ans Anne ne s'était pas intégrée à la communauté des habitants de l'île. Quoique toujours volontaire pour repeindre les salles de l'école, participer aux fêtes paroissiales, porter de la soupe aux vieux les soirs de tempête, elle passait pour oisive. Quand on la voyait arpenter la lande, son grand carton à dessin et son étui à pastels sous le bras, on haussait les épaules. Peu avaient eu la curiosité de demander à voir ses œuvres et elle n'en parlait jamais.

– Les problèmes ne vont pas manquer, soupira Trébois en se levant. Jamais je n'aurais soupçonné...

– Nous passons tous à côté de beaucoup de choses, coupa le notaire. Le bon comme le moins bon chez les êtres reste souvent dissimulé car les pensées généreuses ou mesquines viennent du cœur et celui-ci est changeant. Ne dit-on pas que les parents de la petite Mathilde usaient de mots très durs envers leur fille ?

– Mathilde Garrec était une enfant difficile. Mais quoiqu'elle ait voulu ce qui lui arrive, j'accomplis consciencieusement mon devoir de tout tenter pour la sauver.

Un clerc entra dans le bureau pour allumer les deux lampes à pétrole. Avec des gestes lents, il souleva les abat-jour d'opaline verte, tendit un briquet.

– N'est pas heureux ou bon qui veut, murmura le notaire.

Bien des secrets venaient aboutir dans son étude : calculs, mesquineries, punitions sordides, mais aussi des pensées généreuses, des désirs de réparer des fautes, des injustices qui tourmentaient les consciences. Trébois, qui se voulait honnête homme, convoitait la maison d'Anne Leclerc et, tout en se dévouant à la femme souffrante, dégradée qu'elle était devenue, était allé comme un chacal aux nouvelles. En son âme et conscience, le vieux notaire ne pouvait le condamner. La vie dans l'archipel était rude, chacun tenait à son bien, se battait pour le conserver. Hormis les fonctionnaires envoyés par la France, les étrangers n'y avaient pas leur place. Anne Leclerc ne l'avait pas compris. Dans l'île, elle avait introduit des défis que la population ne pouvait accepter, elle avait levé un vent entêtant qui donnait des idées bizarres aux hommes comme aux femmes. Sa présence ne pouvait être tolérée et elle ne l'avait pas été. Anne disparue, les esprits se calmeraient. Trébois prendrait possession de sa maison, tout rentrerait dans l'ordre. On ne verrait plus débarquer du bateau de Saint-Pierre cet inconnu dont l'élégance et le regard assuré gênaient les marins et faisaient écarquiller les yeux de leurs femmes.

Anne et Mathilde avaient fait le tour de l'île. En forme d'œuf, celle-ci ne montrait aucun signe de vie animale. Par nappes le brouillard léchait les mousses, se glissait entre les branches crépues de ce qui ressemblait à des myrtes épineux cernant de larges tourbières parsemées d'herbes coupantes. De ce paysage rude ne se dégageait pas de tristesse mais un profond sentiment de solitude, la certitude d'être sur une terre étrange, sans nom, absente des cartes géographiques, un lieu qui engloutissait ou protégeait, un endroit de passage. Mathilde et Anne n'avaient échangé que peu de mots au cours de leur randonnée, l'une et l'autre étreintes par l'émotion, l'incapacité d'exprimer ce qu'elles ressentaient en escaladant les sentiers, longeant le rivage où de longues vagues grises venaient se fracasser, en contournant les marécages qui semblaient dévorer la morne lumière.

– Nous ne quitterons jamais cette île, avait seulement prononcé Mathilde.

Sèchement Anne avait rétorqué :

– Camille et toi pouvez moisir ici pour l'éternité. Moi, je me sauverai.
– Comment feras-tu ?
– Avec son aide.
Du doigt la jeune femme avait désigné le phare qui surgissait derrière une masse rocheuse.
– Le phare n'est pas habité.
Le rire d'Anne avait eu une intonation de défi.
– Vraiment ?

Camille aimait l'odeur de sa cape trempée par les embruns. Seule, elle se sentait mieux. Mathilde lui faisait peur, Anne la mettait mal à l'aise. La complaisance qu'elle montrait à tous, son humeur égale cachaient des zones d'ombre, une violence secrète, un orgueil qu'un mot parfois révélait.
– Je n'ai pas besoin de vous, dit-elle très fort en mettant ses mains en porte-voix.
Elle se mit à rire. Enfin elle était sortie de la société des voyants qui la traitaient comme une enfant débile. « Fais attention, ne bouge pas, laisse-moi t'aider. »
Très tôt, elle avait compris qu'elle était aveugle, une infirme condamnée à vivre dans le monde de l'obscurité. Mais comme elle ignorait ce que le mot « cécité » signifiait, il la hantait, la remplissait d'une inquiétude vague, toujours latente. En réalité, ce n'était pas d'être privée de la vue qui la tourmentait mais ce qu'elle ressentait chez les autres de pitié et de peur. Seule elle avait découvert sa chambre d'abord,

puis sa maison, enfin la rue, le village, les chemins menant à la campagne ou jusqu'à la plage. Du bout des doigts, elle étudiait la douceur des étoffes, celle des casseroles de cuivre suspendues par des crochets au-dessus du bahut de la cuisine, la caresse visqueuse des poissons que les pêcheurs jetaient sur les quais quand ils revenaient au port. Elle avait tenu au creux de sa main des poussins, des oiseaux morts et en avait éprouvé une étrange jouissance, comme si leur velouté parlait à son propre corps et en attendait une réponse. Son père travaillait au service des Douanes, un homme silencieux, timide, portant sur les épaules le péché de son propre père, celui qui avait attiré la colère de Dieu et la rancœur de sa femme. Toute jeune, elle avait refusé d'être impliquée dans leur conflit et sa mère lui en avait gardé rancune.

Son monde n'avait pas de limites : bonheurs tactiles, sons, odeurs se mêlaient en gerbes. Le vent, la pluie, les vagues, les arbres et les plantes lui parlaient. Chaque matin, hiver comme été, on ouvrait sa fenêtre. Elle écoutait le temps. Froid, les planches de la maison craquaient, les oiseaux restaient silencieux, l'air était croquant comme une pomme avec des relents de grand large et d'écume, tiède il bruissait de pépiements, caressait les branches qui se prélassaient, résonnait des rires d'enfants, des voix des passants. La brise recréait les objets qu'elle devinait ou palpait, intensifiait leur présence. Son esprit, toujours libéré du corps, s'envolait par la fenêtre, devenait souffle de vent ou gouttes de pluie frappant le toit de la maison, le sol, la mer, les feuilles, les rochers. Chaque ondée levait des bruits différents qui prenaient leur envol en une harmonie parfaite.

Aujourd'hui, sur cet îlot sans nom, Camille perdait ses repères familiers. Sans les stridulations des insectes, sans le chant des oiseaux, sans le crépitement des averses ou le crissement soyeux de la neige sous ses pieds, elle devait se tenir sur ses gardes, guetter un signe familier. Ce qu'elle percevait était autre, déconcertant. Quoique tout retour en arrière fût impossible, elle ne se sentait pas prisonnière. L'île la berçait, lui suggérait qu'elle n'était pas différente, pas un objet de curiosité ou de compassion. Que savaient les autres du monde dans lequel elle était née ? La nuit leur faisait peur, suscitait des hantises venues du fond des temps. Pour eux, l'obscurité était prison, linceul, les ténèbres un tombeau. Pour elle, elles étaient un monde où abondaient des signes de toutes sortes, d'innombrables sensations. Dans leur univers, elle ne l'ignorait pas, foisonnaient des leurres qui attiraient les regards pour mieux s'emparer des esprits, les charmer, les dominer. Du bout d'un de ses doigts, son père lui avait appris ce qu'était un sourire, des sourcils froncés, il lui avait nommé les différentes parties de son corps, esquivant celles auxquelles il donnait le nom d'« intimité ». Il lui avait aussi fait découvrir la fragilité des fleurs, la douceur des étoffes, la magie secrète des touches d'ivoire du piano, la fugacité d'une sensation, celle mordante de la neige, brûlante du feu.

Sur cette île où elle était venue s'échouer, son père lui manquait. Il devait s'alarmer, tenter de la faire revenir. Mais elle ne sentirait jamais plus la caresse de ses lèvres sur son front.

Jeanne-Marie Garrec referma la porte derrière le prêtre. Celui-ci pouvait venir aussi souvent qu'il le voulait lui parler de sa fille, pour elle Mathilde n'existait plus. D'anxiété, de colère et de larmes, elle avait eu sa part. Le feu était le meilleur ami du diable et sa fille s'y était brûlée.

Une neige légère commençait à tomber, le début d'un long hiver dans l'archipel.

Jeanne-Marie rejoignit la cuisine. Avant la nuit, les pêcheurs seraient de retour, les mains crevassées par le froid, les lèvres gercées, les vêtements tellement imprégnés de l'odeur du poisson qu'aucune lessive ne pouvait en avoir raison.

Le père Leblanc était venu lui demander de prier pour Mathilde. Pour qu'elle revienne chez elle. Mais elle ne voulait plus la revoir. Depuis l'âge de six ans, sa fille ne lui avait causé que des difficultés. Aucune punition, nulle volée n'avaient pu avoir raison d'elle. Une obstinée, une mauvaise qui les narguait. Comment une enfant de l'île aux Chiens pouvait-elle trouver indigne le travail de pêcheur ? « Tu en épouseras un pourtant, martelait-elle, comme moi, ta grand-mère et ton arrière-grand-mère, tu auras un jour tes deux mains dans les tripes des poissons. » Jamais elle n'avait voulu entrer comme ouvrière à la conserverie. Elle déambulait sur le port, aguichait les garçons, arpentait l'île comme un rat en cage. On aurait dit que ses rivages la heurtaient, qu'elle se fracassait aux rochers. À quinze ans, elle était partie à Saint-Pierre avec Yvon Rivolen. Durant une semaine, elle ne l'avait revue. Comment avaient-ils subsisté ? Jeanne-Marie souleva le couvercle de la marmite de fonte où mijotait la soupe. Peut-être après tout ferait-elle une petite prière pour que le bon Dieu pardonne à Mathilde. Pour avoir la conscience nette.

La brûlure du gros sel sur ses mains fit grimacer Jeanne-Marie. Jamais elle n'avait désiré de fille et, quand Mathilde était venue, elle n'avait guère eu de joie au cœur. Les gars au moins partaient en mer. Ils peinaient à relever les filets, se battaient contre le vent, le froid, la douleur. À terre, ils racontaient d'âpres récits, disaient des contes dont ils étaient les héros. Leurs femmes les écoutaient, le visage las, le regard fané. Laver, raccommoder, cuisiner, écailler le poisson, savonner le plancher, mettre au monde des enfants avaient tari toute sève en elles.

Jeanne-Marie disposa les assiettes sur la table. Parfois elle se trompait et en mettait encore une pour Mathilde. Un moment, elle contemplait le disque de faïence blanche bordé de bleu vif, imaginait la mince silhouette de sa fille, la masse de ses cheveux auburn, revoyait le regard dur, buté, les lèvres closes. Il lui semblait alors qu'elle l'avait mal connue du temps où elles vivaient ensemble, qu'elle n'avait pas su découvrir ce que ce masque dissimulait. De l'hostilité, de l'indifférence ou de la détresse ? À son père, son frère, elle ne répondait que par monosyllabes, évitait de les regarder droit dans les yeux. Cette docilité apparente masquait mal un mépris que Jeanne-Marie ne pouvait ni comprendre ni accepter. Elle avait eu à propos de sa fille des mots durs, comme si ce semblant de haine était une arme tournée contre elle-même. En accablant cette enfant rebelle, n'était-ce pas sa propre passivité qu'elle condamnait ?

La première neige poudrait les sentiers de l'île aux Chiens, la rue principale du village, bordée de maisons de bois aux couleurs douces. Les pins avaient viré au vert-de-gris, les buissons au blanc immaculé. Le moment du calfatage était venu. On allait tirer les barques de pêche, les goudronner et les repeindre, réparer les filets, repriser les voiles. Une pause avant la nouvelle saison de pêche. On se racontait alors des histoires dans la taverne de Denise Lefaucheux, on s'inventait des exploits. Aux enfants, on disait des contes dans lesquels les baleines pleuraient et les chiens de mer volaient les nourrissons. Puis on préparait Noël, l'Épiphanie avant de penser à la Chandeleur et à Pâques. L'hiver emporterait des enfants, des vieillards, il effacerait aussi le souvenir des trois femmes qui avaient pris le large un début d'octobre.

4 novembre

Nous avons établi Anne, Camille et moi une sorte de campement. Il fait doux et les vêtements que nous portons nous suffisent. Il semble que nos besoins se font moindres : quelques coquillages nous rassasient et nous trouvons suffisamment à boire dans les flaques que l'eau de pluie forme au creux des rochers. Pourquoi chaque gorgée que j'avale me blesse-t-elle la gorge, me faisant esquisser une grimace de douleur ? Du phare n'est venu aucun signe de vie. Je reste longtemps plantée devant lui, j'essaie de deviner une présence, je ne vois rien, n'entends rien. Se pourrait-il qu'un homme joue à un jeu de chat et de souris ? Serait-il notre ennemi ? Croit-il que j'ai peur de lui, ou pis que j'attends son aide, implore sa pitié ?

Anne m'a parlé hier soir et je l'ai écoutée avec attention. Par désœuvrement ou parce qu'elle commence à m'intéresser ? Cette dernière éventualité me dérange. Jamais je n'ai voulu ressentir quoi que ce soit envers quiconque. Elle m'a dit qu'elle avait eu un lien très fort avec Vincent. Elle l'avait trop aimé sans savoir que passion et haine étaient sœurs jumelles. Cette confusion l'avait torturée mais aujourd'hui elle arrivait à penser à lui avec une certaine tendresse. Le passé n'avait plus d'importance. Je l'ai questionnée :

– Comment pouvais-tu accepter de le laisser disposer de toi à sa guise ?

– Ses moments d'absence ont été les plus intenses pour moi. Alors, j'étais maîtresse de mes sentiments, puissante et libre.

Anne ne me regardait pas. C'était son passé qu'elle contemplait.

– Je n'étais pas une femme abandonnée. Dans ma relation avec Vincent, j'imposais les règles.

J'ai éclaté de rire.

– Tu étais à ses ordres. Il prenait un congé familial pour passer du bon temps avec sa maîtresse.

Comme tous les soirs, la brume ensevelit l'îlot. J'ai l'impression d'entendre des mots venus d'un autre monde.

– Ma vie est devenue intéressante lorsque j'ai commencé à le détester, à vouloir lui faire du mal.

– Tu lui obéissais, me suis-je obstinée à affirmer.

– Nul ne sait ce qui se cache dans le cœur des hommes. Pourquoi crois-tu que j'ai voulu m'en aller ?

– Tu n'arrivais pas à l'oublier ?

– Je t'expliquerai plus tard.

– Pourquoi à moi ?

– Tu le sais très bien.

J'ai fait semblant de dormir. Camille, je le devine, garde les yeux ouverts sur sa propre nuit. Elle nous domine sans que Anne et moi puissions expliquer en quoi ou comment. Rien ne la trouble, elle est ailleurs dans un univers où elle est reine, et le bonheur que je discerne sur son visage me dérange. Dans cette île perdue, fantomatique, il est inacceptable. Le mot lui-même est provocateur. Qui peut se prétendre heureux ? Mes parents, mon frère, les pêcheurs, les trois fonctionnaires qu'un mauvais sort a jetés dans l'archipel, la Denise avec son bistroquet d'ivrognes ? Le curé et sa cargaison d'âmes à la dérive ? Moi, j'étais hargneuse et je le savais. Je ne voulais rien de spécial, nourrissais de chimériques ambitions, mais je me connaissais et je jugeais les autres. La révolte me suffirait pour survivre.

Anne s'est tournée face au ciel. Je devine son visage dans les lambeaux de brouillard qui l'entoure comme des bandelettes mortuaires. Dans cet endroit, est-on condamné à s'arracher le cœur ? Est-on contraint à se mettre à nu ? J'ai peur du silence, du vide, peur d'être obligée de me tourner vers moi-même.

À l'aube, Camille nous a réveillées.

– Il est venu, a-t-elle affirmé.

J'ai demandé.

– Qui ?

– Le gardien du phare.

Anne a pris Camille par les épaules. Sa voix était douce, persuasive mais je sais que tout est duplicité dans cette femme.

– Il t'a parlé ?

– Il m'a dit qu'il viendrait bientôt nous chercher une par une, que nous devions être patientes.

– Et quoi d'autre ? a insisté Anne.

– Qu'il était notre ami.

Je suis partie aussitôt vers le phare. L'eau du chenal était calme. Des vaguelettes moussaient au pied de la tour. J'ai appelé, crié en vain. Alors j'ai défié l'inconnu. Quelle lâcheté le poussait-il à se moquer d'une infirme ? Le vent soudain s'est mis à souffler en rafales, l'eau a commencé à gronder et j'ai dû faire demi-tour. J'avais froid, peur aussi. L'homme sans nom qui occupe le phare me dédaigne. Enfant, j'avais vite compris le pouvoir que mes colères avaient sur mon entourage, plus tard, l'effet des mots méchants ou blessants. Ils étaient une arme, la seule que je possédais et dont je constatais l'efficacité. En réalité, je ne savais pas comment me comporter ou m'exprimer. À l'école, j'étais incapable de suivre les leçons, aucun livre ne parvenait à fixer mon attention. Je n'avais pas d'amies et cependant enviais les autres fillettes qui se rassemblaient aux heures de récréation. J'aurais voulu que l'une d'elles vienne me chercher, me prenne la main mais toutes avaient peur de moi. J'étais celle qui bousculait dans les rangs, celle qui disait des gros mots, qui ne savait pas ses leçons et que l'on expédiait à la porte. J'avais en moi la volonté rageuse de ne pas chercher à plaire et en même temps souffrais de ma solitude. Je ne ressemblais pas à Louis-Marie, mon frère. Lui serait pêcheur, comme ses ancêtres. Dur à la peine, il était volontaire, courageux, taciturne. Il savait pourquoi il était venu dans ce monde. À la maison, nous nous évitions.

Encore une fois, j'ai fait le tour de l'île. Il n'y existe nul refuge. La mousse est plus épaisse que sur l'île aux Chiens, plus verte. Les arbrisseaux ne sont pas tordus par le vent. Les rocs ont des formes étranges. Rien, sauf le chenal qui nous sépare du phare, n'évoque la violence, la force brutale. Si j'ai souffert avant de quitter pour toujours l'île aux Chiens, je ne m'en souviens plus. Mon corps est apaisé, sans sexualité. Et cependant j'ai fait beaucoup l'amour. Dès l'âge de quinze ans, avec les fils des familles voisines. Un jour d'été, j'ai même suivi Yvon à Saint-Pierre. On voulait se rendre à Langlade puis filer sur Terre-Neuve ou le Canada. Après quatre jours et trois nuits, couchés sur des plages à la belle étoile, nous nous sommes chamaillés. Je suis revenue seule à l'île aux Chiens.

Au campement, Anne m'attendait avec impatience, Camille avait disparu.

À pas lents, François Bonenfant regagna sa maison. Les langues allaient bon train au village et nul n'ignorait désormais que Camille morte, le frère de sa défunte épouse hériterait de la maison et le jetterait probablement à la rue. Fonctionnaire aux Douanes, il n'avait pas de fortune et devrait se contenter d'une modeste demeure de planches ou solliciter une mutation. Perdre sa fille lui déchirait le cœur mais il tentait de se raisonner. Camille n'était-elle pas condamnée à une vie sans espoir ? Quel marin épouserait une aveugle, quel fonctionnaire ? Jusqu'à sa mort, il aurait dû la voir battre des ailes comme un oiseau blessé, se serait désolé d'avoir à la laisser derrière lui dans une institution à Saint-Pierre.

Le vent rabattait sur son visage une neige molle qui s'accrochait à son bonnet, son manteau. Au loin, il voyait la mer grise qui se fondait au ciel, sentait l'odeur des embruns, celle des entrailles des poissons qui empuantissaient les quais longtemps après que la saison de pêche eut pris fin. Des passants le croisaient et le saluaient mais il désirait rentrer chez lui, se faire du thé, avaler une soupe et se coucher même s'il ne parviendrait pas à s'endormir. Était-il maudit, comme l'avait affirmé sa femme avant de mourir ? Après les diffamations qui avaient couru sur son compte, Madeleine avait perdu la tête. Elle tenait des propos incohérents, ou partait seule sur les rochers, enveloppée dans son châle, le regard ailleurs. L'île aux Chiens l'avait brisée. À la maison, elle s'occupait de Camille, du ménage, mais n'ouvrait plus sa porte à personne. Quand elle était désœuvrée, elle marmonnait ou chantonnait.

Très jeune, Camille avait été à l'aise dans la maison, elle montait et descendait l'escalier, passait d'une pièce à l'autre, gagnait le jardin. Quand il jouait du piano, le rouge lui montait aux joues, elle serrait très fort ses mains l'une contre l'autre comme si les notes glissaient sur sa peau et qu'elle voulait les arrêter, les emprisonner, les posséder.

Le soir, la maîtresse d'école venait la faire travailler. Sa fillette retenait bien les noms des pays, des fleuves, des villes, les dates importantes de l'histoire de France, mais elle aimait surtout la poésie. Jamais il n'avait osé lui demander ce que les mots évoquaient pour elle, quel code secret elle s'était forgé.

La grande maison qui occupait l'angle de deux rues était morte depuis le départ de Camille. Pourtant celle-ci ne tenait guère de place, ne faisait pas de bruit. Ses doigts effleuraient la rampe d'escalier, les meubles, la vaisselle, les objets comme un voyant caresserait une peau, un corps désiré. Parfois elle l'interrogeait sur la France où il avait fait des études dans sa jeunesse. Elle aimait prononcer les mots inconnus : Bordeaux, la Garonne, l'Entre-Deux-Mers. Il parlait de maisons à cinq ou six étages, de rues pavées, cherchait des détails qui puissent être faciles pour elle à imaginer, comme les quais du port de Bordeaux, les marchandises qu'on y débarquait, l'animation du quartier, et ses propres mots l'emportaient, lui plantaient de la nostalgie dans le cœur.

À travers ses yeux éteints, Camille semblait le regarder comme si elle pouvait suivre les mots sur ses lèvres.

– Quelles odeurs préférais-tu ? demandait-elle. Quels sons entendais-tu ?

Quand Madeleine entrait dans la pièce, ils se taisaient.

François Bonenfant alluma la lampe à pétrole, activa la cuisinière en y jetant du charbon. Camille avait tout emporté avec elle. Sa présence si légère avait laissé dans cette demeure une empreinte plus profonde qu'une bruyante fratrie. Il entendait son pas dans l'escalier, son souffle quand elle s'appliquait au piano. Après la mort de sa mère, elle avait tenté de s'occuper de lui. Un soir, il l'avait surprise en train de tâtonner pour trouver un poêlon, une casserole. Elle pleurait et ces larmes d'impuissance lui avaient fendu le cœur.

Mais Camille s'était entêtée. Jour après jour, elle avait organisé son nouveau monde de maîtresse de maison. Un son, un arôme la guidaient. Avec des gestes infiniment précautionneux, presque amoureux, elle effleurait une carotte, une pomme de terre, un oignon. Tout semblait l'émerveiller.

Elle avait été nubile après la mort de Madeleine et il s'était décidé à lui expliquer qu'elle était devenue une femme, pouvait avoir des enfants si elle laissait un homme l'approcher, la caresser. Il n'avait pas osé aller plus loin. Anxieuse, elle l'avait interrogé : « Quel genre de caresses ? » Il avait répondu laconiquement « sur ton intimité ». Elle avait rougi et s'était tue.

C'était vers cette époque que sa piété s'était renforcée. Elle avait trouvé en Dieu un interlocuteur qui ne la bousculait pas, ne la plaignait pas, ne l'effrayait pas.

François Bonenfant alla laver son bol vide, son verre, ses couverts, ramassa au creux de sa main les miettes de pain éparses sur la table. Le feu dans le fourneau se mourait. Il faisait froid. À l'aube, il gèlerait dans la maison mais il n'y pensait même pas. Le hantait une question à laquelle il ne pouvait répondre : Camille avait-elle été heureuse ? Le monde qu'il lui offrait pouvait-il l'épanouir ? À Montréal, il y avait des institutions pour aveugles. On leur apprenait à lire en braille, ils recevaient une instruction normale avant d'acquérir les bases d'un métier qui leur permettrait de s'insérer dans la société et de survivre. Il n'avait pas voulu se séparer de sa fille, la condamnant à la solitude. En la reprenant, Dieu s'acharnait-il à le punir ? Et si Madeleine avait eu raison ?

Le docteur Trébois n'osa tourner la tête vers les fenêtres de la maison de François Bonenfant. Il savait le père de Camille terré chez lui et respectait sa souffrance. Depuis trente ans qu'il vivait sur l'île aux Chiens, il avait appris la valeur du silence.

À nouveau, il avait fait un tour jusqu'à la maison d'Anne Leclerc et, encore une fois, il s'était dit que, sitôt celle-ci mise en vente, il s'en porterait acquéreur. Du premier étage, on devait avoir une jolie vue sur la mer, et le jardin à l'abri des vents dominants offrait des buissons fleuris et un jardin de rocaille composé par Anne au fil des ans. Il revoyait la jeune femme, son carton à dessins sous le bras, parcourir la lande. Elle était séduisante et plus d'un habitant de l'île aurait souhaité attirer son attention. Mais elle ne voyait aucun de ses soupirants. C'était cet homme de Montréal qu'elle avait dans le cœur, un écrivain marié qui venait en douce la retrouver.

Le docteur Trébois savait que, d'ici quelques jours, il signerait l'acte de décès d'Anne Leclerc. Elle avait attendu un amant et c'est la mort qui était arrivée, s'était glissée en elle, l'avait possédée. Ses seins d'abord, puis son ventre, son sexe, sa bouche. Tout ce qui avait été doux et accueillant était devenu hostile, ce qui avait embaumé était maintenant fétide. « Comme je serai le seul acquéreur qui puisse payer comptant, pensa Trébois, j'aurai la maison pour un bon prix. » Sa femme faisait déjà des projets : là elle mettrait des rideaux à fleurs, ici leur poêle à bois de faïence verte, le canapé capitonné. La méridienne serait placée face à la mer pour qu'elle puisse contempler le joli paysage en se reposant. Lui aussi avait convoité Anne et s'était autorisé à lui faire la cour. Elle ne l'avait pas repoussé, s'était même laissé embrasser au creux du cou. Trébois se souvenait encore de l'odeur de verveine, du velouté de la peau. Elle avait frissonné puis s'était écartée. « Mieux vaut ne pas vous aventurer sur ce terrain dangereux, docteur », avait-elle ironisé. Il avait murmuré « Pourquoi aurais-je peur ? » Mais jamais il n'avait osé l'approcher à nouveau.

Parfois Anne invitait quelques voisins pour le thé. Elle servait des pâtisseries inconnues et raffinées, des petits sandwiches qui ravissaient les dames, Madeleine Bonenfant, Arielle Cadet, la femme de l'apothicaire qui faisait aussi office de rebouteux, Suzanne Pastenague, la veuve d'un sous-officier de Miquelon qui avait pris sa retraite dans l'île aux Chiens. Toutes profitaient de son hospitalité pour la déchirer à belles dents, à peine de retour chez elles. Une femme qui ruinait sa vie à attendre un amant était une sotte. Elle avait de mauvaises mœurs, pas de force morale et finirait dans le ruisseau.

Trébois s'en voulut de penser à Anne comme à une morte, de poser un point final au bout de son existence. Mais c'était son métier de tourner les pages. Dans le cimetière de l'île aux Chiens reposaient beaucoup de gens qu'il avait soignés et parfois aimés. Anne restait pour lui un mystère. Il n'avait pu déchiffrer ses pensées, lire dans son regard. Pour Mathilde et Camille embarquées vers le même destin, les choses étaient différentes. Mathilde avait choisi son sort, Camille rejoignait un monde qui l'attirait depuis toujours et auquel elle se sentait appartenir. Seul la pleurerait un père que l'on avait accablé de tous les péchés, comme si l'infortune partagée dans le silence était la plus belle forme d'amour.

Trébois reprit sa route. Tout était joué. Il allait emménager dans la maison d'Anne Leclerc, François Bonenfant quitterait la demeure où Camille était née, avait grandi, les Garrec tenteraient de se persuader en vain que le sort de leur fille était mérité, les habitants de l'île qui épiaient, traquaient, jetaient leurs filets, se réjouiraient d'être vivants et lui continuerait à panser les plaies des marins, accoucher leurs femmes, fermer les yeux des morts avant que le curé enterre des corps rejetés par la vie.

5 novembre

Camille était agenouillée au bord du chenal. Anne et moi avons eu grand mal à lui faire faire demi-tour. Elle pleurait et nous avons été surprises de voir des larmes jaillir de ses yeux. Nous lui avons pris chacune un bras et nous nous sommes regardées comme si ce geste de solidarité nous liait l'une à l'autre.

La nuit tombe déjà. Il semble que chaque jour nous disposons d'un peu moins de lumière. Pourtant il est difficile sinon impossible de décider si nous sommes en automne, au printemps ou dans un tardif été. Aucun repère. Le ciel est clos de brume ou de nuages et nous ne voyons pas la lune.

Nous avons ramené Camille à notre campement. Elle tremblait. « Je sais qu'il m'attend », répétait-elle.

Elle nous a résisté avec une force étrange. Elle se débattait, sanglotait, voulait traverser le chenal, frapper à la porte du phare, supplier le gardien de lui ouvrir. Nous l'avons traînée jusqu'à notre campement. Anne lui a caressé les cheveux, le visage. Camille ne cessait de trembler. J'avais envie de braver le ressac, d'aller escalader l'échelle de fer menant au gîte du gardien, de regarder à travers les panneaux de verre pour lui certifier qu'il n'y avait personne à l'intérieur, qu'elle devenait folle.

Les nuages semblaient se fondre avec le brouillard du soir. La mer grondait sur les rochers, sur les éboulis où stagnait une écume couleur de soufre. Anne était devenue très pâle. Elle devait être attirée par cette illusion, elle écoutait Camille, elle espérait de nouveau. Il n'y a personne sur cet îlot, seulement des nuages, de la brume, une lueur rouge qui teinte la lande à l'aurore et au crépuscule comme un feu de broussailles. Il n'y a que nous, avec nos rancunes, nos désillusions, nos mesquineries mais aussi notre détermination. Je survivrai.

Alors que Camille se calmait, j'ai pensé à mon père. Je ne lui en veux plus. Il était grand et fort, une ombre entre le soleil et moi qui m'a interdit de devenir une fille comme les autres avec une jolie enfance. Mais ici tout s'efface : les visages, les regards, les désirs. On se sent prêt à commencer une autre vie, une existence sans mains qui palpent et forcent, sans odeur de tabac et de poisson, sans silences, sans haine, une vie où la paix triomphe de la violence.

Je suis la seule à avoir volontairement fui l'île aux Chiens, la seule à avoir eu ce courage. Mon rapprochement inattendu avec Anne me met mal à l'aise. A-t-elle des doutes ou des certitudes ? Voici quelques semaines, je me moquais de ses opinions. Mais la promiscuité de ce lieu contraint à se regarder en face. Ici, pas de fuite possible. Au cours de ma vie, je me suis dérobée à tout sentiment, qu'il soit amical ou amoureux. J'aurais pu m'attacher à Vincent mais il y avait en lui quelque chose de velléitaire, un mélange d'autorité et de lâcheté qui me rebutait. Qu'Anne puisse passer sa vie à l'attendre me faisait rire, je trouvais l'amour qu'elle lui portait minable. On dit qu'il ne peut plus écrire, que son cerveau est vide. Cette tragi-comédie n'a plus d'importance, ni pour Anne ni pour moi. Vincent ne venait plus sur l'île. J'espérais que c'était pour me fuir. J'en doute aujourd'hui. Toutes les illusions humaines viennent se briser sur les écueils qui entourent cette terre désolée.

L'ombre qui envahissait l'église effaçait la chaire où le père Leblanc s'adressait le dimanche à ses paroissiens, le confessionnal où il recevait leurs secrets. Derrière l'autel, une Vierge prenait son envol au milieu des nuages. La peinture était craquelée par l'humidité, tachée par les déjections des mouches mais de son humble beauté émanait une consolatrice espérance. À cette saison, le soleil ne pénétrait pas dans l'église et le père Leblanc disait dans la pénombre grise la messe du matin tandis qu'au-dehors on entendait les bruits familiers du village qui s'éveillait. Pendant l'office, le prêtre avait prié pour Anne, Mathilde et Camille. De cette dernière seule il avait été proche. Elle avait grandi moins malheureuse que chacun le pensait dans l'île. Pour ne pas être semblables à celles des autres, ses joies n'en étaient pas moins fortes. Mais dans ce monde où le destin l'avait enfermée, elle était seule. En cours particuliers, il lui avait appris le catéchisme. Sans cesse son enseignement se heurtait à des images, des couleurs, des évocations dénuées de sens pour la fillette. Ils se retrouvaient dans le monde de la spiritualité. Débarrassée de la barrière qu'était la perception du soleil, de la lune, des étoiles cernant l'intelligence des mortels, Camille comprenait la notion d'infini, tentait d'appréhender le mot amour, même si seul le nom de son père évoquait dans son esprit un sentiment qui y ressemblait.

Souvent elle l'interrogeait : comment savait-on si les autres étaient tristes ou gais, préoccupés ou calmes ? La voix n'était pas suffisante car elle pouvait mentir. Anne Leclerc, par exemple, qui semblait toujours joyeuse devait être tendue, inquiète, elle le devinait. À quoi ressemblait-elle ? Il la décrivait : « de taille moyenne, mince ». Il se heurtait aux mots : « blonde, élégante » n'avaient pas de sens pour Camille. Ne pouvait-on trouver des expressions originales pour la définir ? « Elle est seule comme tout le monde », avait constaté la jeune fille.

À l'adolescence, il avait cherché à savoir si elle éprouvait les pulsions des autres jeunes filles. Elle lui avait avoué être sensible à la tonalité d'une voix, à une odeur mais tout geste simple pour elle, passer la main sur un visage, caresser une peau était interdit à cause des convenances et ces restrictions la coupaient un peu plus des autres. Les voyants la condamnaient à la solitude. À peine s'adressaient-ils à elle. Lorsqu'elle était invitée à goûter, c'était à son père que l'on avait recours : « Installons-la ici. Prend-elle du sucre ? Aime-t-elle les gâteaux ? » Elle dérangeait.

Le père Leblanc souffla les chandelles, fit une dernière génuflexion. Les premières rafales d'une tempête qui menaçait depuis le début de la nuit ébranlaient la porte, sifflaient dans le clocher. Comme chaque matin, il irait visiter les malades, tenterait de pénétrer leurs angoisses et leur solitude. Camille lui avait dit : « Les paralysés sont des mondes sans corps, les aveugles des corps sans monde. » Il tenterait de nouer un lien ténu, de bâtir une mince passerelle. Puis il ferait le catéchisme, s'occuperait des bien portants. Mais après toutes ces années passées dans l'île aux Chiens, le père Leblanc ne savait plus très bien ce que ce mot signifiait.

Au loin, les vagues étaient menaçantes. Leur fracas sur la grève couvrait les cris des oiseaux de mer. Enroulé dans sa cape, le prêtre marchait la tête baissée. Pourquoi les jours de tempête, le désir qu'une lame géante vienne balayer l'île et emporte ses habitants, lui venait-il à l'esprit ? Avait-il perdu les convictions de sa jeunesse, sa confiance en la rédemption ? « Est racheté celui qui ose, pensa Leblanc, celui qui agit, même en mal. » Ses paroissiens ne faisaient que survivre dans un monde qui bridait les imaginations, stérilisait les élans du cœur. Cette sécheresse, ce vide n'étaient-ils pas le lot de la majorité des hommes ? Il était entré au séminaire parce qu'il avait la foi et ne voulait pas devenir marin-pêcheur. Né à Langlade, il mourrait probablement dans l'île aux Chiens un soir de découragement et de doute, à moins que la tempête ne vienne le briser. Peu à peu se renforçait en lui la certitude que bien peu choisissaient leurs vies et que, dès la naissance, les dés étaient pipés. Mathilde et Camille avaient dû ressentir très tôt ce poids, souffrir de ces entraves, Anne plus tardivement, lorsque son désir de liberté s'était piteusement arrêté au fond d'une impasse. Nul ne pouvait prétendre avoir choisi d'être qui il était.

Devant la porte du presbytère, une simple maison de bois carrée peinte en gris, le père Leblanc tapa des pieds pour décoller la neige de ses semelles. Il allait boire un bol de café puis réendosserait sa pèlerine encore humide pour aller donner la communion aux malades. À tous, sauf à Mathilde. Pas de sacrifice sans victime. La jeune fille avait, en apparence, choisi le péché alors que son devoir était de s'acharner à survivre là où Dieu l'avait placée. Mais elle n'avait pas su ou pu surmonter une colère dont nul ne connaissait la cause. Du Maître de la Vie, elle s'était détournée. « En Dieu tout se rassemble et se fond », pensa le curé. Il était las. Qui pouvait se prétendre élu, qui pouvait s'accepter damné ?

6 novembre

Camille a dormi longtemps. En ouvrant les yeux, elle a soufflé :

– Je suis sûre que nous sommes mortes.

Ces mots ont fait monter les larmes aux yeux d'Anne et m'ont mise hors de moi. Je suis partie à grands pas. Étrangement dans l'île, on revient toujours devant ce phare qui achève ou barre tous les chemins. L'île est une prison qui oblige à se considérer pris au piège. La seule porte de sortie semble être cette tour de pierres grises que je vois comme une illusion. Son fanal ne s'allume pas à heures fixes. Parfois il éclaire jusqu'à midi, souvent il s'éteint avant l'aube. Jamais le brouillard ne l'ensevelit tout à fait.

J'ai quitté l'île aux Chiens parce que j'y étouffais, ici je suis cloîtrée. Moi que la moindre critique braquait, que la plus petite ironie perçue dans un regard mettait en rage, je ne peux échapper à Camille et Anne. Nous ne pouvons avoir aucun échange vrai. Je n'en veux pas. Mon unique ambition est de survivre. Les mots gentils, les sourires engageants d'Anne et de Camille me dégoûtent. Qu'elles disparaissent et je serai maîtresse de moi-même. L'île m'appartiendra et le phare ne ressemblera plus qu'à une pauvre bite pétrifiée sur laquelle j'irai cracher, un symbole de domination et de brutalité qui donne envie de vomir. Quand les garçons de l'île me coinçaient derrière les hangars qui puaient le poisson, je jouissais et je haïssais. Je caressais des sexes que j'avais envie de castrer. Le semblant de tendresse de Vincent me dérangeait. Ses mains suggéraient des émotions dont je ne voulais pas. Il disait de jolis mots, ceux des écrivains et des poètes. Comprendre que j'étais étrangère à ce monde-là, deviner que je n'en ferais jamais partie me meurtrissait et me remplissait de mépris pour moi-même. Quand Vincent n'est plus revenu, j'ai pris la décision de partir. Il m'a fallu près d'un an pour aller jusqu'au bout de ce choix. À ce moment, Anne s'apprêtait à déguerpir. Camille aussi, sans le savoir.

La mer est forte ce soir, on dirait qu'elle me défie, cherche à me faire peur. L'écume arrachée des vagues vient se poser sur mes cheveux, me colle à la peau. J'ai observé longtemps les roches, la lande, les étranges arbrisseaux qui défient les tempêtes, ce paysage de fin du monde, paisible et angoissant. Quand cesserai-je de regarder l'horizon ? Je me suis assise sur une plate-forme rocheuse qui avançait dans la mer comme l'étrave d'un navire et me suis posé encore et encore les stupides questions qui me hantent depuis toujours : pourquoi ai-je l'impression de subir ma vie, d'être ma propre prisonnière, pourquoi ce désamour de moi allant jusqu'au mépris ? J'aurais pu me confier à une camarade mais les mots ne sortaient pas de ma bouche. J'avais sur les autres la supériorité de me connaître.

Dans l'archipel, les gens sont pieux. Les fonctionnaires, par convenance et souci de leur rang, les pêcheurs par superstition. Croire en Dieu leur donne une meilleure opinion d'eux-mêmes. En cas de bonheur, ils s'imaginent aimés, en cas de malheur, soutenus et consolés. Être maître de leur vie les plongerait dans le désespoir. Je n'ai pas tenté de quitter l'île aux Chiens pour trouver un monde meilleur, mais pour tirer un trait définitif sur un avenir bloqué et insipide. Ce désir était en moi, avant ma brève liaison avec Vincent. Je crois que je l'avais depuis l'âge de six ans. Je n'ai laissé aucun mot d'adieu. Ce à quoi je tenais, des boucles d'oreilles, un bracelet, une médaille représentant la Vierge offerte par ma marraine à mon baptême, quelques vêtements, je l'ai mis sur moi en vrac puis je suis partie. Il faisait soleil, j'avais tout mon temps. C'était la fin de la journée, les bateaux de pêche allaient revenir au port avec la marée. Déjà les gros rochers au large de l'île étaient plongés dans l'ombre. J'étais libre, je n'avais plus d'attaches, plus de passé. Mon enfance, mon père resteraient à jamais de l'autre côté de la mer.

Très vite le brouillard m'a happée, le vent me poussait sans que je puisse tenter de lui résister. À côté de moi, il y avait Anne et Camille, silencieuses, effrayées. Camille saignait, un gros bandage lui entourait la tête, Anne pleurait. Plus nous filions vers le large plus la brume épaississait. Anne s'est tournée vers moi pour me dire : « Nous ne reviendrons jamais à l'île aux Chiens, nous allons mourir. » J'ai haussé les épaules. Moi-même je me sentais endormie, léthargique, incapable de réagir. Je n'ai rien répondu.

Le crépuscule est long sur cet îlot. L'absence de tout bruit devient lénifiante et terrible à la longue. Seuls le souffle d'un vent très doux et le goût salé des embruns, la brûlure de ma gorge me donnent la certitude d'être vivante. Bientôt j'irai rejoindre Camille et Anne. Je leur interdirai de me parler du gardien du phare.

Au campement, Camille était seule face à la grève. Les bras autour des genoux, elle semblait loin, perdue dans ses pensées, dans un autre monde. Ses cheveux bruns tombaient en désordre sur son dos que recouvrait un léger châle rouge prêté par Anne.

Camille avait entendu Mathilde approcher, elle sentait son regard posé sur elle. À quelques pas, Anne respirait avec difficulté comme si l'air dans ses poumons se trouvait à l'étroit et la déchirait pour s'échapper. La jeune fille se demanda pourquoi la souffrance de cette femme, à laquelle rien ne la liait, lui importait alors que celle de sa mère n'avait pas eu d'écho dans son cœur. L'esprit froid, elle avait semé la tempête, supplié Marthe Dubois, l'épicière, la plus redoutable commère de l'île, de garder le secret quand, en larmes, elle lui avait confié que sa mère avait chargé son époux des conséquences de sa propre faute. C'était elle que la colère de Dieu avait frappée à travers son unique enfant. Pourquoi avait-elle proféré ces accusations, quel élan l'avait poussée à faire le mal ? Pour accaparer l'attention, l'amour de son père ? Elle entendait la voix étonnée de sa mère, voilée par l'inquiétude et le désarroi. Mais avec sérénité, elle avait continué, jour après jour, à empoisonner un esprit déjà rongé par l'anxiété et la neurasthénie. Avec délices, elle avait réveillé de vieilles émotions, les souvenirs d'une jeunesse enfuie quand sa mère s'appelait Madeleine Servant et était amoureuse de Mathieu Duprès, tout juste revenu de l'armée, un beau gars sans le sou dont le père était un ivrogne.

Camille avait mal au cœur, envie de vomir. Avec aplomb, elle avait affirmé que Mathieu qui maintenant était marié, père de trois enfants, et possédait deux bateaux de pêche, était resté amoureux de Madeleine. On ne se méfiait pas des infirmes, elle écoutait, apprenait bien des secrets. D'une bouche à l'autre, les chuchotements devenaient paroles prononcées à voix haute, affirmations péremptoires. C'était le temps interminable de l'hiver, on restait chez soi ou on se retrouvait dans l'estaminet de Denise. Les confidences allaient bon train : Mathieu Duprès avait eu une liaison cachée avec Madeleine Bonenfant après leurs mariages réciproques. Claudine Duprès avait quitté son mari en emmenant avec elle ses enfants, trouvé un emploi à Saint-Pierre près de chez ses parents. Mathieu était resté seul, la rage au cœur, et Madeleine avait tout à fait perdu la tête. Le père et sa fille étaient seuls l'un à l'autre désormais.

Camille posa le front sur ses genoux. Jamais elle n'avait avoué ses mensonges en confession. Ils ne regardaient qu'elle, ils lui appartenaient. Elle s'était étonnée d'avoir trouvé des détails précis, des allusions équivoques. Où les avait-elle puisés ? Dans quelle zone inconnue d'elle-même ?

Camille pensa à son père, à la gêne qu'il avait dû ressentir face au scandale. Mais jamais devant elle il n'avait prononcé un mot contre sa femme.

Avec précision, la jeune fille réentendait son souffle, sentait la chaleur de son corps. Il faisait un avec le vent, le clapotis des vagues, la tiédeur du soleil. Il était son univers, il la protégeait, il la définissait. « Ta mère ne sait plus ce qu'elle dit, elle me déteste. » Elle réentendait ces mots prononcés d'une voix triste. « Mais nous, nous nous aimons, avait-elle répondu. Nous resterons ensemble toute notre vie. »

Maître Rocher s'en voulait d'avoir révélé au docteur Trébois l'existence du mari et de l'enfant d'Anne Leclerc. Cette information qui n'était pas à proprement parler confidentielle allait, cependant, lui permettre de faire une offre rapide pour l'achat de la maison, offre qui se présenterait avant celle de la mairie et serait sans nul doute acceptée par la succession, un homme et un garçonnet qui vivaient au diable vauvert et avaient perdu tout contact avec leur épouse et mère depuis plusieurs années. Que feraient-ils d'une demeure à Saint-Pierre, même si la maison passait pour la plus jolie de l'île ? Maître

Rocher n'avait vu que deux fois sa cliente. Entre ces rendez-vous, elle avait beaucoup changé. L'intonation de sa voix, son sourire étaient autres sans qu'il puisse deviner la cause de cette transformation. Les rumeurs qui lui parvenaient de l'île aux Chiens ne parlaient pas d'une rupture entre elle et son amant canadien, elles évoquaient, par contre, une brève liaison de celui-ci avec Mathilde Garrec dont tout le monde pensait le plus grand mal. Les problèmes qu'elle avait posés à sa famille depuis l'enfance étaient si divers et multiples que sa mère en était tombée malade. Quant au père, un marin pourtant endurci, chacun prétendait qu'il n'exerçait aucune autorité sur sa fille.

Maître Rocher connaissait les secrets de beaucoup de familles et, en dépit de son âge mûr, restait surpris par la noirceur des âmes, les mesquineries, jalousies et haines tenaces tapies au fond des cœurs. Anne Leclerc était différente, avait-il pensé, amoureuse elle avait eu l'honnêteté et le courage de quitter sa famille, de vivre pour des sentiments qu'elle devait estimer profonds et éternels. Mais lors de sa dernière visite, quand elle était venue lui confirmer que ses héritiers étaient Antoine et Sébastien Leclerc, qu'elle ne laisserait rien en cas de décès à Vincent Lami, pas même un souvenir, il avait été surpris, déçu. Ainsi le grand amour était achevé, une histoire ordinaire en somme, pas de quoi fouetter un chat.

De loin, le notaire suivait la vie des familles, d'individus aperçus quelques moments, endimanchés et embarrassés dans son bureau. Les maigres économies, les modestes maisons de bois se transformaient en armes redoutables pour se défendre ou pour intimider. Un fils fainéant, une fille indocile, et les parents menaçaient de les priver d'héritage. Et il y avait les amours secrètes, des enfants illégitimes, des liaisons plus troubles encore que l'on enfouissait dans les ténèbres.

Maître Rocher quitta son bureau, éteignit la lampe à pétrole. Il était tard, les commis étaient rentrés chez eux. Le vieil homme se sentait las. Instruit, aisé, il aurait pu mener une vie plus joyeuse, se lier à de jolies femmes comme Anne Leclerc. Cependant il était resté dans l'ombre de son épouse, de son office notarial, ponctuel, sérieux, ne tentant jamais de retrouver l'étudiant parisien qu'il avait été. Tout était normal dans sa vie et rien n'avait de sens. Il ne pouvait s'empêcher d'éprouver du respect pour Mathilde Garrec. Bien que très jeune, elle avait été au bout d'une logique qui l'écrasait lui-même depuis des années sans qu'il soit capable d'y mettre fin.

À la maison, il demeurait la plupart du temps silencieux et sa femme respectait cette morosité qu'elle attribuait aux soucis de sa profession. Parfois elle tentait un geste d'apaisement, caresse sur la joue, baiser dans les cheveux. Mais le contact de ses mains intensifiait son sentiment de solitude. « Ne vous tourmentez pas, chuchotait-elle, reposez-vous. » Après quarante ans de mariage, elle ne savait rien de lui.

Le vent fraîchissait. Un peu de bruine criblait la lumière jaune des réverbères à quinquet. Des passants le saluaient. Chacun, dans cette modeste ville, connaissait et respectait maître Rocher. D'une gargote s'échappaient quelques rires, des relents d'alcool. Il hâta le pas. Malgré lui, il ne pouvait s'empêcher d'imaginer qu'il descendait les trois marches du troquet, poussait la porte, s'installait devant le comptoir, commandait un cognac, faisait conversation avec des marins. De cette audace même dérisoire, il se savait incapable. Toujours il garderait enseveli au plus profond de lui-même le trouble honteux que lui procurait la vue de robustes matelots qui hantaient le port quand les bateaux se rassemblaient avant de mettre le cap sur Terre-Neuve. Des pensées le torturaient, le hantaient, des rêves le faisaient s'éveiller en sueur, la bouche amère. Comment sa femme qui dormait paisiblement à côté de lui pourrait-elle les deviner ?

Il avait été un enfant timide qui n'osait se mêler à des camarades dont pourtant il souhaitait plus que tout l'amitié. Puis était venu le temps du meilleur ami, du confident. Un geste, un mot avait éloigné celui-ci à jamais. L'école était devenue pour lui une longue et douloureuse épreuve : celle de l'humiliation, de la solitude et du chagrin.

Au cours de ses études à Paris, il avait rencontré sa future femme et l'avait épousée quelques mois plus tard, sûr qu'elle tarirait à jamais ce qu'il jugeait être une terrible perversité. Une certaine sérénité l'avait récompensé. Il était revenu avec elle à Saint-Pierre, avait repris l'étude notariale de son père. Il était un notable désormais, on parlait de lui avec respect, il servait d'exemple. Mais l'angoisse d'un danger latent était demeurée en lui, gâchant sa vie quotidienne pleine de honte, de regrets.

Maintenant il était âgé, allait transmettre l'étude à un neveu et laisser sa vieillesse s'écouler dans la grande bâtisse de briques entourée d'un jardin. Il se remettrait entre les mains de sa femme, trouverait peut-être enfin la paix des sens et de l'esprit.

7 novembre

Pour la première fois depuis notre arrivée sur l'île, il pleut, une pluie douce qui apaise et avec laquelle Camille semble communier. Elle nous a dit de sa voix tranquille qu'elle devinait d'après le bruit des gouttes si celles-ci tombaient sur un arbre, le sol, un rocher, un toit. Et les odeurs levées par l'averse lui parlaient mieux encore. « C'est triste que la pluie ne tombe pas à l'intérieur des maisons, a-t-elle ajouté, je pourrais mieux comprendre ce qui m'entoure. »

De nous trois, Camille est celle qui domine le mieux notre étrange situation. Ce monde clos a toujours été le sien, un univers dans lequel elle se sent à l'aise. Ici pas d'obstacles, aucun de ces dangers qui la menaçaient quotidiennement sur l'île aux Chiens. Est-ce la peur ou la douleur qui l'ont submergée lorsque la carriole du père Mathieu l'a fauchée ? Des passants ont tenté de la secourir, moi je ne me suis pas même arrêtée. Lâcheté, crainte d'être terrifiée par la mort alors que j'avais rendez-vous avec elle ?

La pluie tombe. Il n'y a pas un souffle de vent et la masse des nuages reste compacte, hermétique. J'ai le visage, les cheveux imprégnés de sel mais, à part les flaques au creux des rochers, il n'y a pas d'eau douce ici. Je vais me déshabiller, me laisser laver par l'averse. Anne est lointaine, elle ne me parle plus depuis hier. Je crois qu'elle est très lasse, qu'elle a de la fièvre. Même si nous n'éprouvons guère de sympathie l'une pour l'autre, j'essaye quand même d'échanger quelques mots. J'ai besoin d'une présence amie aujourd'hui.

Hier, alors que je ramassais des coquillages, j'ai vu passer une ombre rapide sur la grève. On aurait dit celle d'un nuage, pourtant il n'y en avait pas dans le ciel gris. J'ai pensé au gardien du phare et, un court instant, j'ai eu peur. Si cet homme existe, pourquoi se cache-t-il ? Attend-il que l'une d'entre nous tente de traverser le chenal ? Nous épie-t-il comme un prédateur ?

Encore et encore je marche autour de l'îlot. Les touffes d'arbrisseaux n'offrent aucune nuance de couleurs, elles se fondent à la lande et au ciel. Tout est si étrange. Et, cependant, il me semble parfois que ce paysage apaisant est en moi depuis très longtemps, que j'ai toujours connu cette île. J'en viens et j'y retourne.

Anne vient vers moi. En dépit de tous ces jours, toutes ces heures loin du monde des hommes, elle est toujours belle. Pense-t-elle pouvoir séduire le gardien du phare ou poursuit-elle ses illusions ? Qui l'a aimée ? Vincent peut-être, quand il était trop tard.

J'ai passé un long moment avec Anne et ne sais plus très bien quoi penser. Elle a commencé à parler :
— Avant…
— Avant quoi ? l'ai-je interrompue, surprise.
— D'aller ailleurs…
— Où ? ai-je insisté.
Elle m'a montré le rivage, la mer, le phare en un geste vague qui englobait tout.
— Je suis fatiguée, je ne resterai pas ici beaucoup plus longtemps.
— Ce n'est pas à nous de choisir.
Elle m'a fait un signe de tête m'indiquant qu'elle croyait le contraire, puis a murmuré :
— Qui n'espère rien n'aura rien.
J'ai ri. Ceux qui désirent un meilleur avenir en restant les bras croisés sont de pauvres gens. Pourtant je n'ai rien répondu à Anne. Pourquoi la contredire si ses espoirs lui font du bien ?
— J'ai rêvé du docteur Trébois, a-t-elle poursuivi. Il venait me dire qu'il allait acheter ma maison. Je voulais lui répondre que j'avais changé d'avis, qu'elle appartiendrait à ma famille après ma mort sans que les mots puissent sortir de ma bouche. Il souriait, il

avait l'air heureux. Un bonheur égoïste. Il ne cherchait pas à m'aider, au contraire. Et moi je n'arrivais pas à lui dire qu'il n'aurait pas ma maison. Je ne pouvais pas.

La voix d'Anne tremblait. Je l'ai trouvée anxieuse, fébrile.

– Il est trop tard pour réfléchir. Nous sommes dans un endroit coupé de tout. Pas de retour en arrière possible, pas de virement de bord. Tu as joué ta vie. Gagné ? perdu ? Quelle importance. Ici il n'y a pas de vainqueur ni de vaincu, seulement des êtres qui cherchent à trouver leur chemin sur une terre inconnue.

À nouveau Anne a regardé vers le phare, j'ai précédé ses réflexions.

– La réponse dépend de nous, pas d'un mirage.

Soudain, elle a planté ses yeux dans les miens. Ils avaient un éclat fiévreux qui m'a mise mal à l'aise.

– Je sais pour toi et Vincent mais quand tu t'es jetée dans ses bras, je ne l'aimais plus.

– Ce n'est pas ce qu'il prétendait.

– Il voulait te rendre jalouse.

Je ne pus m'empêcher de sourire.

– Pour toutes les femmes de l'île, tu étais une ennemie. Aucune ne t'aimait là-bas.

La fièvre desséchait les lèvres d'Anne. Étrangement, je trouvais à son regard quelque chose d'amical, de tendre même, comme si nous étions, sans avoir jamais échangé plus de quelques mots, de vieilles amies, des complices. L'éclaboussure du crépuscule tachait les rochers le long de la plage, les graviers luisaient comme des lucioles.

Anne a lissé ses cheveux avec ses deux mains et humecté ses lèvres, puis :

– Les grandes histoires d'amour sont des prétextes.

– Tes convictions ne m'intéressent pas. Exprime-les ailleurs.

– Où ? À qui ?

Anne a regardé longuement vers la mer.

– Pourquoi as-tu voulu tellement séduire les hommes ? a-t-elle finalement insisté.

– Parce que je me fichais d'eux.

– Une mauvaise raison, a-t-elle murmuré. Nous avons vécu avec des morts.

Je savais qu'elle n'avait pas tort. Sur cet îlot cerné par la rumeur de la mer, la cohorte des souvenirs blessants se disperse, le passé ne garde de l'importance que dans son ensemble. J'ai perdu l'envie de me venger de mon père, de la nullité de mon existence, de Vincent, de mes ambitions dérisoires. Les chimères sont poussées par le vent qui les efface, les mots insultants sont étouffés par le claquement des vagues.

– Je ne sais plus ce qui a été vrai, ce que j'ai inventé.

Les mains d'Anne tremblaient, j'ai cru voir de la peur dans son regard.

– Lorsque j'ai été sûre de l'amour de Vincent, j'ai voulu le détruire, le punir de la passion que j'avais éprouvée pour lui, redevenir libre. Il était devenu le miroir de mes lâchetés.

J'ai ramassé mon châle et me suis levée.

– Tu me raconteras tout cela plus tard, ai-je lancé.

Anne me faisait pitié. Cette femme qui m'avait toujours impressionnée avait donc, elle aussi, ses misérables petits secrets ?

Je me suis dirigée vers l'anse qui jouxte notre campement. J'étais en colère sans bien savoir pourquoi. Peut-être à cause du danger d'être touchée par une autre histoire que la mienne.

François Bonenfant regardait sans la voir une volée de passereaux qui s'était abattue sur le bosquet séparant son jardin de celui de ses voisins. Les premiers froids avaient racorni les feuilles qui découvraient de maigres branches entrelacées, parsemaient l'herbe courte et jaune rongée par des plaques de mousses. Il songeait vaguement à la malchance qui l'avait poursuivi depuis son mariage, une fillette aveugle, une femme qui ne l'avait jamais aimé et peut-être trahi. Maintenant le deuil qu'il devait faire de Camille, celui de la maison où elle avait grandi.

François Bonenfant se détourna de la fenêtre et haussa les épaules. En meilleur ou en pire, la vie continuerait pour lui. Il rêvait d'écrire un essai sur l'archipel au siècle précédent, de se plonger dans des recherches. Il demanderait sa mutation à Saint-Pierre et, quand le souvenir de Camille se ferait trop cruel, il se persuaderait que la vie n'aurait rien pu lui offrir de bon. Dans l'île aux Chiens, on le respectait parce qu'il ne se plaignait jamais. À son arrivée, jeune fonctionnaire, il avait aussitôt compris que les marins étaient des êtres rudes et qu'il ne serait accepté que s'il dissimulait sa sensibilité, oubliait ses manières de citadin. Mais à force de museler son enthousiasme, sa joie de vivre, il les avait perdus. Son goût pour la poésie et la musique s'était affaibli. Avec passion il avait cependant écouté Camille pianoter puis improviser ses premiers accords, s'était émerveillé qu'une aveugle, incapable d'étudier le solfège, puisse d'instinct ou de mémoire exécuter des œuvres de plus en plus élaborées. Très vite, elle l'avait surpassé. Pour son enfant, la musique était un souffle de liberté, la lumière qui l'éclairait. Pour Madeleine, elle était la preuve que l'existence de sa fille ne trouverait de salut que dans le rêve et la fuite. Sauf la peinture qu'elle prétendait apprécier, l'art était étranger à sa femme. Elle s'était fait offrir deux pastels d'Anne Leclerc représentant la lande au coucher du soleil et des bateaux de pêche regagnant le port. Ils étaient venus rejoindre une toile d'un peintre montmartrois achetée à Saint-Pierre et un dessin offert autrefois par Mathieu Duprès que, sans l'opposition de ses parents, elle aurait épousé. Du reste, un jour, peut-être irait-elle le rejoindre... Il ne réagissait pas. Rien ne trahissait jamais ses sentiments. Chaque étape de l'enfance de sa fille avait été une souffrance pour lui, un motif de désespoir pour Madeleine. Sa fragile silhouette trébuchante les avait séparés à jamais. Quand Camille avait quitté la maison, François Bonenfant n'avait cessé d'espérer son retour. Aujourd'hui il n'y croyait plus. Dans quel monde sa fille s'était-elle réfugiée, où était-elle en réalité ? Il tentait de l'imaginer sereine. Elle avait la foi, une confiance absolue en l'amour de Dieu. Elle allait à Sa rencontre. Un soir, peu de temps avant le drame, elle l'avait pris par la main, conduit auprès du poêle à bois. Par la fenêtre, il voyait le ciel zébré de rose, la fumée qui s'échappait des cheminées voisines. Le vent était déjà froid et annonçait les premières chutes de neige. Il avait longuement regardé le joli visage de son enfant, ses traits réguliers, la bouche charnue qu'elle tenait de sa mère : « Je veux que tu saches que je suis heureuse, avait-elle dit. Maman s'est toujours trompée à mon sujet. Elle ne nous a jamais compris, toi et moi. »

Cette soirée avait été unique dans leur vie. François se souvenait du timbre de la voix, du sourire de Camille. Pour toujours ils demeureraient dans sa mémoire. « Je ne connais pas ton monde, avait-elle poursuivi, tu ignores le mien. »

Des chiens se répondaient d'une maisonnette à l'autre. La nuit tombait sur le village devenu gris, les jardinets silencieux où, à cause des brumes et du vent, nulle plante ne parvenait à survivre longtemps, la plage de galets, le port où les derniers bateaux venaient de s'amarrer.

Camille avait la fragilité d'une fleur sauvage, les larmes qu'elle avait dans les yeux semblaient étranges, déplacées, comme de la sève coulant d'un arbre mort, elle parlait lentement, disait des mots simples. Il avait baissé la lampe à pétrole, allumé une cigarette, non pas l'âcre tabac des marins mais une cigarette américaine, comme celles qu'il fumait à Bordeaux quand il était étudiant en droit. Camille avait parlé de lumière, de celle qui l'appelait. Qui pouvait affirmer qu'elle percevait l'essentiel moins bien qu'un voyant ? La vue ne l'abusait pas, ne la grisait pas, ne la détournait pas d'elle-même. Elle sentait très bien l'amour, la haine, la franchise, le mensonge, la fatuité, le désespoir. L'apparence ne pouvait la tromper. Pour un non-voyant, l'important était de ressentir puis de remonter à la source de ses émotions. « C'est dur parfois, papa, très dur parce qu'il n'y a pas de cachette possible. » Elle avait ajouté : « Ne voit-on pas seulement ce que l'on croit voir ? »

Camille appuyait ses mains sur les montants du fauteuil. Madeleine avait voulu tout le mobilier tapissé de rouge, comme pour défier la cécité de sa fille. « Tu crois en ce que tu vois, papa, moi avec ce que je ressens puis parviens à comprendre. Je me représente ce qui est à l'intérieur de moi. »

L'horloge sonnait six heures. Il avait pris sa main.

– Je peux fermer les yeux et découvrir ce qui est réel pour toi, avait-il hasardé.

Elle avait souri.

– Non, papa. Tu ne peux pas plus imaginer mon monde que moi le tien. Mais nous nous parlons, je sens ton odeur, j'écoute ta voix et je te connais mieux que maman avec ses deux yeux. C'est à Bordeaux que tu étais chez toi, quand tu avais vingt ans comme moi aujourd'hui. Tu pensais que ce que tu découvrais t'accompagnerait pour toujours. Tu n'as cessé de vivre dans un monde qui n'existait plus.

– Je n'avais pas le choix, avait-il murmuré.

Il continuerait à cohabiter avec les autres, le curé, le docteur, les marins, ses deux collègues des Douanes. Tous étaient pris au piège en dépit de la belle lumière de fin d'été, des reflets du soleil sur la surface de la mer, de l'ombre des nuages balayant les rochers et la lande. Qui pouvait prétendre recommencer une nouvelle vie ? Il avait eu froid soudain, comme si le vide tapi au creux de son ventre l'envahissait tout entier.

– Nous pourrions partir toi et moi, avait-il hasardé, aller à Paris, à Bordeaux.

– Que veux-tu oublier, papa ? Que ta fille unique est aveugle ? Qu'il y a des moments où tu regrettes ma naissance ?

Il avait serré très fort dans la sienne la petite main de Camille. Il lui semblait soudain que c'était lui l'infirme qui sollicitait de l'aide.

Une bourrasque avait fait se disperser les passereaux mais François Bonenfant continuait à observer les buissons décharnés. Une légère pluie mêlée de neige détrempait l'herbe. Jamais il n'avait ressenti aussi fortement le vide, l'absence, la mort de sa jeunesse. Bien sûr la vie continuerait, peut-être écrirait-il cet essai sur l'histoire de l'Archipel, peut-être ferait-il un voyage à Bordeaux pour tenter de remonter le temps. Il irait au concert, achèterait des livres. Mais Camille le ferait revenir sans cesse vers son passé, sa présence désormais irréelle s'imposerait sans répit à sa conscience. Le drame d'avoir conçu une infirme deviendrait sa raison de vivre.

Au-dessus du village, des oiseaux de mer tournoyaient en poussant leur lugubre appel. Tout se mêlait dans l'esprit de François Bonenfant : sa fille était vivante et il pensait à elle comme appartenant au passé. Était-ce lui qui était mort et elle qui le veillait ? Peu à peu Camille dévorait ses jours, investissait son sommeil, ils faisaient partie l'un de l'autre, ils étaient un. Madeleine l'avait compris qui s'était détournée de lui, l'avait maudit pour apaiser sa propre conscience. Les ragots insinuant qu'elle avait été la maîtresse de Mathieu étaient peut-être vrais. Toujours elle avait aimé ce prétendant évincé.

L'obscurité envahissait le salon, apaisait le rouge flamboyant du canapé et des fauteuils ; derrière la vitre de la bibliothèque, les livres devenaient une masse grisâtre. « À vrai dire, murmura Bonenfant, je n'aurai existé que par ma fille. » Elle avait lié en gerbe toutes les formes d'amour qu'il ressentait sans pouvoir les exprimer. Camille lui avait permis de s'émouvoir, d'avoir un cœur, de renaître à la vie. Si elle n'avait pas été à ses côtés lors de la terrible campagne de calomnies qui avait compromis leur famille, il aurait perdu pied.

8 novembre

– Camille ne reviendra plus. Le gardien du phare est venu la chercher.

Je me suis redressée. Combien de temps avais-je dormi ? Étais-je bien réveillée ?

– Je l'ai entendue dans la nuit, continuait Anne. Elle me disait qu'elle était heureuse de le suivre, qu'elle voulait s'en aller.

– Tu as rêvé.

– Il tenait une lanterne, je l'ai vue toute proche de mon visage. Il m'appelait aussi, j'ai entendu le léger crissement de ses pas sur le sable, le froissement du vent dans les buissons. Il a pris Camille par la main.

Derrière moi, la mer est lisse, plate, d'un gris bleuté. Le peu qui appartient à Camille est là, posé en vrac.

– Nous la trouverons au bord du chenal, ai-je assuré.

Anne secoua la tête. Elle en revenait. Ses yeux brillaient, elle semblait animée par des pensées ou des espoirs qu'elle ne tenait pas à partager avec moi.

Nous avons fait toutes deux le tour de l'île. Anne m'a dit : « Il reviendra me chercher, je le sais. »

Je l'ai prise par les épaules.

– Camille s'est suicidée, mets-toi bien cela dans la tête. Si tu veux l'imiter, je ne t'en empêcherai pas.

Elle a répondu :

– C'est toi Mathilde qui as voulu mourir.

Je me suis écartée, je ne voulais plus lui parler. J'essayais de m'imaginer ailleurs, à Montréal au milieu des lumières de la ville, du flot des passants ou même à Bordeaux où le père de Camille avait vécu. Là, j'en suis sûre, tout ce qui me faisait honte disparaîtrait. Je travaillerais pour m'acheter une robe, des chaussures, un chapeau avec des plumes. Je ressemblerais aux images des journaux et on m'aimerait.

Malgré moi, j'ai marché jusqu'au chenal. Le fanal était allumé et illuminait la surface de la mer, les vagues qui se brisaient et bouillonnaient. L'eau était transparente avec des reflets verdâtres. Mais Camille n'était pas là. Le ressac l'avait emportée.

Je suis seule avec Anne désormais. Et Vincent qui nous rapproche et nous oppose. Là où elle se représente un héros, je vois un homme sensuel et lâche qui confondait désirs et émotions.

J'ai tourné le dos au phare. Je veux effacer Camille de ma mémoire. Elle n'était pas mon amie, pourquoi être touchée par sa mort ? Pourtant je ne peux parvenir à oublier ce que Anne a murmuré : « Camille ne reviendra plus, le gardien du phare est venu la chercher. » Je refuse ces fatras d'illusions. En aurais-je eu, que mon père les aurait anéanties. Il n'était pas méchant, il m'aimait bien, mieux peut-être que maman.

Mais il ne savait pas quoi faire de lui-même, de ses sentiments, de ses pulsions. Lorsque je me suis enfuie de la maison, c'est lui que je voulais punir, lui et moi en même temps, comme si nous étions enchaînés d'une manière irrémédiable l'un à l'autre.

À Saint-Pierre, tout m'a étourdie, excitée, heurtée. Yvon et moi avons marché dans les rues. Je me sentais laide avec mes vêtements bon marché, mes cheveux ébouriffés. Le peu de confiance que j'avais en moi s'effondrait. Les odeurs, les sons me semblaient étranges, je n'étais pas à l'aise. Yvon de son côté ressemblait à un marin-pêcheur qui monte en ville. Il avait perdu tout son charme. Nous avons longtemps flâné, dormi sur la plage. Je n'avais plus d'identité, j'avais envie de mourir.

Le lendemain, nous sommes retournés à Saint-Pierre. Yvon avait encore un peu d'argent, nous nous sommes acheté du pain que nous avons mangé sur un banc. Je ne croyais plus en rien. Même la fuite m'était interdite. Y penser m'a donné le vertige. Que me restait-il de liberté ? J'étais condamnée à vieillir comme ma mère, avec des cheveux épars, un ventre et des seins avachis. Yvon et moi sommes restés longtemps sur le banc, sans nous regarder, sans nous donner la main. Quand je lui ai dit : « Je rentre », il m'a répondu : « Moi pas, je vais à Montréal. » Je lui ai souhaité bonne chance et nous nous sommes séparés. Il m'a crié : « Tu es une pute et une poltronne ! » Je n'ai rien répondu. Déjà je pensais au moment où j'allais repartir, cette fois pour ne plus revenir.

Au campement Anne m'attendait. Il va falloir que nous nous supportions. Elle ne va pas pouvoir s'empêcher de me raconter sa belle histoire d'amour. Mais tout souvenir est frelaté. La vérité toute nue empêcherait de vivre.

Le cabaret de Denise Lefaucheux était bondé. Depuis le matin, la neige avait cessé de tomber et les hommes en profitaient pour prendre un peu de bon temps, boire quelques verres de bière de genièvre ou de vin, échanger des nouvelles, évoquer les bons moments du passé. Les deux jours précédents, chacun était resté claquemuré chez soi dans une lumière terne sous un ciel plombé. Les vieux eux-mêmes avaient envie de respirer l'air sec et froid qui revigorait.

Simon Garrec était tombé sur le père Leblanc dans la grand-rue et, à son grand déplaisir, le curé l'avait hélé. Le marin ne voulait pas parler de Mathilde. Puisque personne ne pouvait rien pour elle, pourquoi ne pas les laisser tranquilles sa femme et lui ? Jeanne-Marie était à bout de nerfs. Certes Mathilde avait vécu chez eux jusqu'à son coup de folie mais elle avait vingt-trois ans. C'était une adulte qui ne tenait personne au courant de ses arrière-pensées. Autrefois, il s'était rendu coupable d'une faute envers elle, c'était vieux, sa fille et lui avaient enterré ce mauvais souvenir depuis longtemps.

Le père Leblanc n'avait pas posé de questions. Il avait parlé de l'approche de Noël, du beau temps dont on espérait qu'il se prolongerait. Simon Garrec savait qu'il pensait à Mathilde et à Anne Leclerc. Denise Lefaucheux avait confié à Jeanne-Marie que chaque matin le curé disait sa messe pour elles et que, l'après-midi, il allait prendre de leurs nouvelles auprès du docteur Trébois. « Nous sommes tous responsables du drame qui vous touche », avait assuré un jour le père Leblanc. Mais Simon Garrec refusait les critiques comme la pitié. S'il s'était mal comporté autrefois envers elle, sa fille s'était vengée en lui rendant la vie impossible.

La fumée des cigarettes et des pipes s'enroulait autour des tables de sapin, du comptoir de bois verni, se faufilait entre les bouteilles de gin, de rhum, d'absinthe, de quinquina alignées sur une étagère.

Quand Simon Garrec pénétra dans la salle, il y eut un moment de silence. Personne n'osait lui parler par peur de ne pas trouver les bons mots, de le froisser. Les jeunes qui ne rentraient pas d'une pêche à Terre-Neuve étaient nombreux. Souvent on parlait d'eux, les associait aux souvenirs bons ou moins bons de la communauté. À la Toussaint, on portait une plante sur la tombe familiale où était inscrit leur nom, comme si les corps engloutis par les flots étaient revenus en cachette s'y mettre en sûreté. Mathilde, elle, avait toujours été différente. Elle montrait ses bras et ses chevilles, riait trop fort, regardait droit dans les yeux, avait des amants et pas de fiancé. Aucune femme de pêcheur dans l'île ne l'aurait acceptée pour bru. Et quand on l'avait vue avec le Canadien, l'amant d'Anne Leclerc, les têtes avaient commencé à se détourner sur son passage. Le village l'avait rejetée, et ni Simon ni Jeanne-Marie n'avaient prononcé le moindre mot pour la défendre. La dernière image que chacun conserverait serait celle d'une jeune fille assise sur un rocher face à la mer, immobile, avec un chemisier rose et une jupe de drap bleu, enveloppée par un léger brouillard fait d'embruns et de la pluie fine qui tombait depuis l'aube.

Le groupe se reforma autour de Simon Garrec, on se mit à parler de la prochaine saison de pêche, des filets regorgeant de morues qu'on relèverait à Terre-Neuve, de la bonne brise qui faisait claquer les voiles au large du cap Miquelon, du fracas des vagues sur les coques quand le gros temps se levait, prononcer des mots d'homme qui signifiaient quelque chose.

Denise Lefaucheux remplit le verre de Simon. Le geste de Mathilde resterait comme un couteau planté dans son cœur. Elle avait, quant à elle, son idée sur la jeune fille. Mathilde était dure, intransigeante, elle s'étiolait sur l'île aux Chiens et nul n'aurait pu l'empêcher de s'en échapper. Pendant quelques semaines, elle avait travaillé à ses côtés et Denise avait appris à mieux la connaître. Sans l'aimer, elle avait de l'admiration pour cette rebelle que ne rebutait pas l'inimitié, ni même l'hostilité. Mathilde avait du cran et, parmi les marins qui crachaient sur elle, beaucoup ne la valaient pas. Au Canada, peut-être aurait-elle pu faire son chemin mais ici elle était condamnée. À Saint-Pierre, il y avait la mer ou la maison. Devenue veuve, Denise avait profité de la marge infime de liberté qu'on accordait aux isolés, celle de tenir un commerce. Avec un époux mort au cours du naufrage de son bateau de pêche, sans enfants, la communauté l'avait même soutenue. Mais avant de jouir d'une certaine liberté, elle avait été épouse, avait nourri son homme, raccommodé ses vêtements, pansé ses blessures, écouté ses interminables histoires. Tout se payait. Mathilde n'avait pas compris cela. Elle avait commencé sa vie à l'envers.

Depuis longtemps Mathilde voulait quitter l'île mais y avait-il un ailleurs possible pour une fille pauvre ? Denise en doutait. Peu à peu, le vide avait gagné sa tête, un néant qui l'attirait de plus en plus. Elle n'était pas pieuse, sans doute n'était-elle pas même croyante. Elle ne comptait que sur elle. D'ailleurs, pas un des bons chrétiens qui se pressaient ce dimanche à l'église n'avait levé le petit doigt pour l'aider. Cela lui était égal, elle semblait accepter sa solitude même lorsqu'elles se parlaient toutes les deux ou quand ses amants de passage l'embrassaient, la palpaient.

Simon Garrec buvait sa bière et souriait, un faux bonheur qui lui remontait à la gorge, l'étouffait peu à peu. Une flaque de soleil s'était posée sur le comptoir, répandant sur le zinc une lumière pâle d'hiver avec des reflets presque blancs. Mathilde verrait-elle le printemps ? Au fond de son cœur, Denise ne le souhaitait pas.

Mathilde avait fui. Son visage peu à peu disparaîtrait de la mémoire des habitants de l'île, comme on oublie ce qui dérange. Denise lui avait prêté une oreille attentive de temps à autre mais jamais elles ne s'étaient vraiment rencontrées. Désormais elles n'auraient plus l'occasion de mieux se connaître, de se réconforter mutuellement. Combien d'êtres abandonne-t-on ainsi au cours d'une vie ? songea Denise. Pourquoi se remettait-on si bien de certaines disparitions comme si nombre de personnes ne laissaient parmi les survivants qu'un fugitif souvenir ? N'aimait-on que son propre désir ? Tout en servant de la bière à la ronde, Denise pensa à l'amant qu'elle avait eu avant son mariage, une liaison brève et sensuelle. À peine se souvenait-elle aujourd'hui des traits de ce jeune homme. Les mots naïfs qu'ils avaient échangés la faisaient sourire. À cause de ce moment d'illusoire liberté, elle s'était attachée à Mathilde.

Denise passa un torchon sur le comptoir. Depuis longtemps, la chaleur ou les courants d'air, l'odeur de l'alcool et le bruit ne la dérangeaient plus. Elle avait de rudes journées avec pour interlocuteurs des hommes durs au mal peu enclins à pardonner. Sur Mathilde, elle avait entendu des mots ignobles prononcés par ceux qui l'avaient désirée et possédée. Il lui arrivait de les apostropher avec colère. Les uns baissaient les yeux, d'autres s'irritaient ou la raillaient : d'où venait son indulgence pour une telle traînée ? Denise ne répondait rien. Mais si elle avait eu une fille, elle aurait voulu qu'elle ressemble à Mathilde.

Un moment, Denise avait espéré que l'amant d'Anne puisse s'attacher à Mathilde, lui rendre le désir de vivre. Mais il n'avait fait que la troubler davantage avec ses jolis mots, son comportement d'homme bien élevé. Privée de ses moyens de défense habituels, la fille des Garrec était partie à la dérive. La seule chose qu'elle possédait encore, une certaine estime d'elle-même, il la lui avait arrachée. Les racontars avaient fait le reste.

Des volutes de fumée s'échappaient des pipes, estompaient le grossier mobilier, voilaient de gris les visages burinés, déchiquetaient les ombres. La clarté du soleil qui déclinait devenait demi-jour cendreux. La lune n'allait pas tarder à se lever derrière la Grande Tourbière.

Denise eut l'impression que l'espace de son débit de boisson se rétrécissait, l'emprisonnait. Encore une fois, elle pensa à Mathilde et une lassitude immense l'envahit. Ce qu'il y avait de bon en cette fille, nul ne s'était donné la peine de le découvrir. Elle exhibait son agressivité, mais cachait soigneusement sa générosité, sa sensibilité. Denise l'avait vue maintes fois calmer, rassurer Dédé Fréron, l'idiot du village, quand il avait bu un verre de trop. Comme une grande sœur, elle le prenait par le bras, le ramenait chez lui. Était-elle violente parce que la brutalité la terrifiait ? Aimée, encouragée, elle aurait pu passer son certificat d'études, se faire une place dans la vie à Saint-Pierre ou au Canada. Mais elle s'était laissé dominer par ses impulsions, et, lentement, implacablement, avait glissé vers son destin.

Assis au fond de la pièce, Louis-Marie Garrec, que chacun surnommait Loulou, restait solitaire, la tête baissée, l'air morne en dépit des deux verres de gin qu'il avait déjà ingurgités. Depuis toujours il connaissait les conventions inflexibles qui régissaient la société de l'île comme, supposait-il, la plupart des communautés humaines. Dans sa famille, il gardait la bouche close et se contentait d'observer. Peu lui importait de passer pour bourru ou borné, plus il était coupé de Mathilde, mieux il se portait. Tout ce qu'il refoulait au plus profond de lui-même pour avoir la paix, vivre normalement, tenter de se tailler une part de bonheur, devait rester muet. En se confrontant sans cesse avec ceux qui l'entouraient, en prenant et jetant ses amoureux, sa sœur ne faisait qu'étaler ses faiblesses. Mais qui aurait pu l'aider à y voir clair ? Pourtant cultivé, éduqué, l'écrivain canadien s'était joué d'elle sans comprendre qu'il était son ultime chance, celle de trouver un interlocuteur, un conseiller, un ami.

Des ombres jetées par les lampes à pétrole couraient sur les murs blanchis à la chaux où étaient suspendus des chromos représentant des scènes de chasse au temps des rois de France, quelques dessins d'oiseaux de mer jaunis par l'humidité.

Louis-Marie vida son verre. Debout devant le bar, son père tentait de partager la conversation d'autres consommateurs. Jamais il n'avait voulu se poser de questions à son sujet. Il le respectait. De lui, il avait appris le courage, l'endurance, l'amour d'un métier qui, de gré ou de force, devait être le sien. Depuis un long moment, Loulou l'observait à la dérobée. La lumière accentuait la profondeur des rides, la fatigue marquant son visage, les plis amers entourant sa bouche. À la maison, il parlait peu, n'exhibait aucune émotion, pourtant Louis-Marie savait qu'il avait aimé sa femme et qu'il était attaché à ses enfants. Jamais son père ne s'était montré violent ou injuste envers eux. Mais dans sa petite enfance, sa sœur par tous les moyens avait voulu se donner de l'importance, supplanter sa mère. Toujours elle était fourrée dans ses jambes.

La porte du cabaret s'ouvrait et se fermait, laissant pénétrer des coulées d'un air glacé, des odeurs de feu de bois et de morue rissolée, la plainte presque suppliante du vent d'est.

Le regard de Louis-Marie s'attachait sur deux de ses camarades qui plaisantaient. Mathilde croyait-elle être la seule à avoir rêvé d'une autre vie ? Enfant, durant les cours de géographie, son esprit battait la campagne. Il tentait d'imaginer le soleil sur Dakar, les jeux d'ombre dans la casbah d'Alger, la démarche lente et altière des dromadaires dont une photographie illustrait son livre scolaire. Ces pays extraordinaires où jamais il ne neigeait n'étaient pas pour lui. Dès son plus jeune âge, il construisait de petits bateaux avec des bouts de bois, du papier, des allumettes et les regardait menacés par les vagues, abattus, engloutis. À côté de lui, des hommes fumaient, parlaient de la prochaine campagne de pêche. Il se sentait compris, protégé.

Pour Mathilde, les choses avaient vite mal tourné. Affolée, enragée, désespérée, elle s'était trouvée acculée. Il se souvenait du mutisme de leur père, des larmes de leur mère lorsqu'elle s'ingéniait à leur résister. Vers dix, douze ans, elle s'était mise à lire des romans avant de décider que toutes ces balivernes n'avaient ni queue ni tête. Elle se fichait de tout.

Au fond du bar, alignées sur une planche, des chopes de bière représentant des têtes d'hommes rubiconds émergeaient de l'ombre, caressées par la flamme jaune d'une lampe à pétrole. Bizarrement Louis-Marie se souvint que Mathilde ne riait jamais. Une figure fermée comme pour protéger un ultime refuge. Elle n'avait pas d'amis et le dimanche partait seule arpenter les grèves, escalader les rochers. Elle fuyait ou elle attendait quelque chose, quelqu'un, elle guettait. Nul ne s'était présenté. Alors elle avait racolé les garçons, leur avait dit les mots qu'elle avait lus dans les livres, s'était moquée d'eux. Jamais il n'était intervenu. Elle le méprisait. Aujourd'hui, il regrettait sa passivité. D'elle, à la maison, il ne restait rien. Leur mère s'était ingéniée à tout faire disparaître. Mais au fond de lui, il avait mal, il n'oublierait pas. Peut-être était-elle enfin chez elle là où elle se trouvait, peut-être cette absence lui convenait-elle. Maintenant elle était inaccessible, à la fin de son triste voyage.

Louis-Marie se fit verser un autre verre de gin. Tous les soirs, depuis le départ de Mathilde, il venait chez Denise. Là, au fond de la salle, dans l'obscurité, il regardait s'étirer les ombres, monter la fumée dans le conduit de la cheminée, fixait la lampe en opaline bleue posée sur le comptoir, il entendait les conversations, les rires, sentait les odeurs de tabac, d'alcool, de bois brûlé, de pétrole, d'huile de foie de morue. Le gin le réchauffait, rendait simple sa vie. Il était marin-pêcheur, s'achèterait bientôt une maison, fonderait une famille. Il n'y avait pas d'existence sans liens. Mathilde les avait tous rompus.

9 novembre

Anne est très souffrante, elle ne fait plus le tour de l'île, ne marche jamais jusqu'au phare. Elle reste recroquevillée sur elle-même et, ce matin, je lui ai apporté de l'eau douce dans le creux de ma main. J'ignore pourquoi je cherche à la soulager mais je ne peux la voir décliner sans rien faire. Elle m'a souri.

– Je n'ai plus la force de t'en vouloir.

J'ai répondu :

– Moi non plus.
– D'ailleurs, a ajouté Anne, mon passé est arrivé à son terme et je n'ai aucun futur, sauf peut-être...

Encore une fois, elle a regardé vers le phare. Je me suis tue. Qu'elle puisse encore espérer du secours me stupéfie.

Anne s'est essuyée la bouche d'un revers de main, à cause de l'eau qu'elle venait de boire, mais aussi parce qu'elle pleurait.

– Il est temps de parler de Vincent, a-t-elle soufflé.

Tout de suite j'ai été sur la défensive. J'avais souffert de cette brève relation et voulais l'oublier, ne pas remuer encore et encore le breuvage amer des désillusions, rouvrir de vieilles blessures.

Anne a compris ma réticence.

– Il le faut, a-t-elle insisté. Comprendre quelle importance il a eue dans nos vies.

– Aucune en ce qui me concerne, ai-je lancé. Il n'était même pas un bon amant.

Anne a souri.

– Il nous a menées ici, toi et moi. Il nous a obligées à enfin nous regarder dans nos propres miroirs, à crever nos abcès.

Mon rire sarcastique ne l'a pas arrêtée.

– Appréhender la vérité nous a fait avancer vers le dénouement de nos petites comédies.

Anne a entouré ses genoux de ses bras. Sa voix était si basse que j'ai dû tendre l'oreille. Le parfum iodé de sa chevelure était entêtant, Anne sentait le goémon, la marée, le départ. Cette odeur m'étourdissait, j'ai eu envie soudain de rentrer dans son monde, de laisser le vent souffler dans les voiles.

– J'avais trente ans lorsque j'ai rencontré Vincent, dit Anne. À Montréal où j'étais de passage. Il présentait son dernier livre dans une librairie. Je me suis arrêtée pour l'écouter. Nous n'étions pas très nombreux, une dizaine peut-être, mais il semblait ravi d'être parmi nous, du moins le croyais-je à cette époque. Plus tard, j'ai compris que les artistes n'ont l'air heureux que sur commande, pour plaire, se faire aimer. À l'intérieur d'eux-mêmes, ils sont souvent tristes, anxieux, hantés par leur monde imaginaire. J'ai tout de suite aimé son sourire, la joie qui pétillait dans son regard sans comprendre qu'ils étaient une illusion. Ce qui m'a attirée dans Vincent, c'était son charme, son charisme. J'avais la certitude qu'ils m'aideraient à renaître.

Je me suis assise à côté d'Anne. Elle ne m'a pas regardée. J'ai eu l'impression qu'elle rêvait tout haut et j'avais envie de partager son rêve, de quitter un moment ce lieu où nous étions des naufragées.

– Tout le monde s'est levé après la conférence, il est resté pour classer ses papiers. Je lui ai demandé sottement : « Où peut-on acheter votre livre ? » Il a répondu en souriant : « Ici. » Puis il m'a regardée attentivement. « Vous avez une minute ? Je suis fatigué, nous pourrions boire un café ensemble. »

Dehors il faisait très froid. Il portait une longue écharpe brune en cachemire et a allumé une cigarette anglaise. J'étais intimidée et m'en voulais d'avoir accepté son invitation.

Le bar où il m'a emmenée était élégant avec des petites lampes à pétrole coiffées de globes d'opaline rose posées sur chaque table. Il a retiré son chapeau, son écharpe, son manteau et m'a aidée à me débarrasser du mien. J'avais déjà trop chaud.

Anne s'est tue un court instant. Un souffle de vent faisait frissonner le bas de sa robe, la pointe du châle posé sur mes épaules.

– Je voulais lui plaire, retenir son attention. Qu'un écrivain de sa renommée puisse me proposer de boire un café en sa compagnie me faisait battre le cœur. Il devait voyager, rencontrer les personnes brillantes dont on voyait la photo dans les journaux, vivre une existence pleine de fantaisie et d'imprévus. Déjà j'étais mordue par le désir de faire partie de cette vie, de meubler la monotonie des Trois Rivières par le désir de plaire à Vincent, de le conquérir, de le garder. J'avais soudain des opinions originales, des idées frondeuses. Il m'écoutait en souriant sans comprendre que je n'avais que peu en commun avec cette personne amusante qui semblait se moquer de tout.

Un homme triste faisait face à une femme insatisfaite mais ils se voyaient comme l'exigeaient leurs rêves. À ce moment, ni l'un ni l'autre n'avons parlé de nos familles, nous étions sur une scène et jouions une plaisante comédie que nous confondions avec l'audace, l'indépendance. J'étais décidée à faire l'impossible pour le revoir, je voulais…

Anne a une toux sèche, des cernes gris sous les yeux. Derrière elle, la mer est très calme, de longues vagues se déroulent sans bruit sur la grève laissant une ganse d'écume. Plus loin, le fanal du phare diffuse une lumière douce, à peine visible. Encore plus loin, l'eau à l'infini, une eau glauque qui évoque l'immensité, l'inintelligible, évoque la détresse, l'anéantissement.

– Nous avons échangé nos adresses, a poursuivi Anne, mais il m'a demandé de ne pas lui écrire la première, il m'enverrait un mot. Je suis repartie si légère que j'avais l'impression d'être une plume dans le vent. Et j'ai attendu. La lettre est arrivée très vite. Il désirait que nous déjeunions ensemble. Les phrases étaient banales. Qu'attendais-je au juste ?

Nous avons partagé un repas dans un élégant hôtel. Il avait retenu une chambre et cette exigence hâtive m'a perturbée. Mais je n'avais pas le choix. Refuser, c'était couper le fil des chimères qui déjà ensoleillaient ma vie. Nous avons fait l'amour. J'étais trop angoissée pour ressentir la moindre jouissance mais j'ai fait semblant. Il avait l'air heureux, me serrait dans ses bras. J'ignorais qu'il vivait un roman, qu'il était le héros de ses propres livres. Je lui ai dit que je l'aimais. Il m'a répondu : « Nous ne nous connaissons pas assez, laisse-moi un peu de temps. » J'aurais dû comprendre qu'il était dans un autre monde. J'ai pleuré, il m'a embrassée, a murmuré des mots gentils. Il ne voulait pas me perdre, il avait besoin de moi. Sa vie était dure, être aimé était si doux.

Nous nous entendions bien, nous nous désirions, n'était-ce pas le signe d'une passion naissante ? L'un comme l'autre l'attisions, la nourrissions, moi pour me fondre dans sa chair, faire partie intégrante de sa vie, lui pour se construire une belle histoire avec des rendez-vous clandestins, des coupes de champagne et des mots d'amour. Vincent n'avait pas eu de maîtresse, avoua-t-il, depuis plusieurs années et ne se souvenait plus combien c'était bon d'être épris. Il disait des mots qui me faisaient battre le cœur et détruisaient mes dernières velléités d'indépendance. Il pénétrait ma volonté, mes goûts. Je me mis à lire beaucoup, des biographies d'artistes célèbres surtout, afin de le comparer à eux, de le mettre en valeur. Je me plongeais dans l'inépuisable, je m'absorbais dans l'infini, je m'exterminais, j'étais amoureuse. Un matin, je me suis réveillée avec le désir d'aller au bout de ma passion, de parler à Robert, mon mari, de lui avouer que j'étais la maîtresse d'un homme sans être cependant décidée à le quitter. Nous avions un petit garçon de trois ans qu'il était alors hors de question pour moi d'abandonner.

Anne pleurait, ses lèvres frémissaient. J'ai pris sa main. Son récit me semblait un peu niais mais j'aimais qu'elle me parle de Vincent, j'avais envie d'en savoir davantage sur lui. Il m'avait fait peu de confidences :

il avait été trompé dans ses espoirs, il était mal compris, il avait souffert. Comme il venait toujours de temps à autre chez Anne, je ne pensais pas à elle comme la cause de ses malheurs. Il l'aimait moins, c'était une évidence banale, une évolution inéluctable de tout attachement. Jamais je n'avais réussi à m'intéresser plus de quelques semaines à un partenaire amoureux et cette liaison de trois années entre deux êtres qui ne se voyaient que quatre à cinq fois par an était pour moi difficile à comprendre. En croyant s'aimer de loin, ne se jouaient-ils pas l'un de l'autre ?

Anne soudain m'a regardée.

– Depuis combien de temps sommes-nous ici ? a-t-elle demandé. Je n'arrive plus à me souvenir du passé. Même le visage de mon fils, je suis en train de l'oublier.

Elle a gardé un moment le silence puis ajouté :

– Seul le souvenir de ma mère reste clair en moi.

J'ai demandé :

– Pourquoi ?

Anne semblait absorbée par ses souvenirs. Elle devait faire un grand effort car ses sourcils étaient froncés, son regard lointain.

– Maman était une femme exceptionnelle, une artiste et une guerrière. La nature semblait l'avoir pourvue de tous les dons. Je l'admirais, je l'aimais, je la craignais, non pour sa sévérité mais parce que j'étais hantée par la peur de la décevoir. Ma sœur, Suzanne, de trois ans mon aînée, semblait marcher sur ses traces et moi je clopinais derrière, jolie poupée que l'on traitait avec bienveillance, une indulgence excessive.

Derrière Anne, le ciel est gris bleuté, opaque, traversé cependant de minces rais d'une lumière blanche suggérant une possible échappée comme la lumière d'un phare fait espérer le havre du port.

La voix d'Anne est feutrée. En hâte elle se délivre d'un secret trop longtemps gardé. Avec attention je l'écoute. Qu'y a-t-il derrière ce visage serein ? De l'ingénuité ? Jamais je n'ai cru qu'elle s'illusionnait sur la bienveillance des habitants de l'île à son égard mais qu'elle s'acharnait à faire semblant, à toujours garder une attitude paisible, même lorsque les rideaux de dentelle des maisons de la grand-rue s'écartaient légèrement sur son passage. Pourquoi l'avais-je jugée comme une femme sûre d'elle, arrogante ?

Anne parle de sa mère qui était belle, avait des dons pour le dessin, la musique. Tout la destinait à être une épouse parfaite, la mère d'une de ces innombrables nichées qui étaient de règle au Québec. Mais elle avait choisi une autre voie.

– Après ma naissance, chuchote Anne, maman a décidé de militer pour les droits des Canadiens français. Notre survivance au Canada dépendait de gens persuadés comme elle que toute communauté devait dessiner son territoire, le définir, le marquer, le faire sien. Avec l'accord de mon père, elle s'absentait souvent pour assister à des réunions politiques, distribuer des brochures et revenait excitée, heureuse, épuisée. Je l'aimais éperdument mais elle avait plus d'affinités avec ma sœur, comme elle brillante, passionnée, tournée vers le monde. On lui offrait des livres, à moi des colifichets et des crayons de couleur.

Anne s'interrompt pour reprendre son souffle. Elle est livide. De la sueur perle sur son front, aux commissures de ses lèvres où, pour la première fois, j'aperçois un fin duvet blond.

– As-tu entendu parler de Louis Riel, le chef de la Rébellion du Nord-Ouest ? me demande-t-elle.

Mon silence doit lui servir de réponse.

– C'est un martyr pendu par les Anglais. De Chicoutimi à Montréal, notre peuple se révolta, devint enragé pour obtenir le droit de parler le français. À l'école, nous devions utiliser l'anglais. « Parlez blanc ! nous ordonnait-on. Saluez le drapeau britannique et chantez le *God Save the Queen* ! » Ma mère s'épuisait. Je la voyais devenir nerveuse, impatiente. Suzanne commençait à l'aider en rédigeant des tracts et en allant les placarder la nuit sur les édifices publics. Je me taisais, essayais de ne pas faire de bêtises, de rester invisible. Un jour, alors que nous nous promenions sur les berges du Saint-Laurent, je me souviens avoir jeté dans l'eau une bouteille où j'avais glissé un petit mot : « Je suis une petite fille qui n'existe pas. »

Le vent sent le grand large, les espaces sans limites. Je serre la main d'Anne dans la mienne. Ce qu'elle dit me trouble. Je n'aime pas ressentir ce genre d'émotion.

– Je dessinais bien, j'étais bonne en histoire, exemplaire au catéchisme, continue Anne. Mais, comparée à maman et à Suzanne, je n'étais rien.

La crête des vagues mousse comme les pommiers au printemps. J'ai froid et j'ai chaud. Je tiens toujours la main d'Anne. Mes amertumes, mes regrets prennent corps. « Je suis une petite fille qui n'existe pas. » J'ai la gorge serrée mais je garde les yeux secs. Comme toujours. Anne a un regard lointain, un regard de regret, de colère. J'ai capté une expression pareille dans les yeux d'une de mes grands-mères avant sa mort. Jamais je n'ai voulu y repenser.

– Plus Suzanne prenait d'importance dans la maison, plus maman s'étiolait. Elle lui passait le flambeau, la lumière, le feu. Elle remettait sa raison de vivre à sa fille pour qu'elle puisse la porter plus haut, plus loin. Elle s'alimentait à peine, maigrissait. L'idée qu'elle puisse mourir me rendait folle d'inquiétude. J'avais peur que la nuit la prenne. Je ne dormais plus, je guettais. Pourquoi elle et pas moi qui n'étais rien ?

« La maladie est un ultime refuge », a déclaré maman un soir. Je ne comprenais pas. Que fuyait-elle ? La vie l'avait comblée.

C'était l'automne. Les feuilles saignaient, le ciel s'empourprait, la terre avait des éclats de cuivre brûlé. Je dessinais des orages, des arbres morts, des spectres, des bêtes étranges et terrifiantes, des déserts où nul ne pouvait survivre.

Il y eut beaucoup de vent cet automne-là aux Trois Rivières, il tournoyait au-dessus du jardin, s'engouffrait dans la cheminée, sifflait, grognait, grinçait comme une bête à l'affût.

Maman se coucha aux premières neiges. Des flocons s'amoncelaient sur la terre, les branches des arbres s'empilaient en haut des toits. Dans la maison demeuraient mon père, ma sœur, moi et le minuscule espace du corps de maman.

À Montréal, Honoré Mercier prenait le pouvoir et créait le Parti national francophone. Maman avait gagné. Quand les oiseaux furent de retour, que la neige devint molle et que les ruisseaux se remirent à fredonner, elle mourut. Elle était paisible, la maladie qui l'avait emportée avait été un cocon. Un an plus tard, je me mariais avec un jeune médecin.

Je revois ma propre grand-mère, son visage couleur d'ivoire. J'en voulais à maman de m'avoir amenée dans la chambre mortuaire. Je portais une robe blanche, des sandales. C'était l'été. J'avais cinq ans. Je ne connaissais pas encore les caresses d'une main d'homme, celles de mon père allaient venir.

Anne pleure. Sur sa mère, sur elle-même ? Se doute-t-elle que toutes deux ont trouvé refuge dans la même maladie ? Sait-elle enfin qu'elles se ressemblent ?

Quoique la couche de neige fût épaisse, Jeanne-Marie Garrec devait aller aux provisions. L'épicerie était au bout du village, une maison de bois peinte en bleu ciel avec un toit de zinc et un petit porche soutenu par deux colonnettes. L'été, l'épicière y mettait des fauteuils de bois brut où s'installaient les vieilles en attendant leur tour. L'hiver, les denrées dépendaient de l'arrivée des bateaux de Saint-Pierre. Quand le temps était mauvais, l'île aux Chiens devait se suffire à elle-même durant plusieurs jours et ses habitants se contenter de lentilles, de lard et de haricots secs. Restaient les coquillages que les enfants ramenaient de la plage et des rochers, les gros bulots, les petits bigorneaux, les oursins que Denise Lefaucheux savait si bien apprêter et qu'elle servait accompagnés d'un pichet de vin blanc.

Depuis plusieurs jours, Jeanne-Marie avait traîné chez elle, incapable d'entreprendre quoi que ce fût. Partout elle avait l'impression de se heurter à Mathilde.

Lentement s'imposait l'inéluctable réalité : sa fille ne reviendrait pas. Elle ne la verrait plus promener sa figure maussade dans la cuisine, n'entendrait plus les mots brefs et secs dont elle se contentait pour lui répondre. Pendant des années, elle avait attendu son départ comme un soulagement mais pas celui-là, pas de cette façon qui laissait un goût amer de malheur. Ses ressentiments envers Mathilde se retournaient désormais contre elle-même, son mari, son fils. Elle s'était sauvée en leur laissant une boue saumâtre dans laquelle ils pataugeaient tous.

Jeanne-Marie sortit de la resserre la luge qu'elle chargerait chez l'épicière, un simple traîneau sur patins construit de planches assemblées. Dehors de la poudre de neige tourbillonnait. Ses hommes étaient au port en train de colmater la coque de *La Belle Étoile* avec de l'étoupe et s'arrêteraient sans nul doute chez Denise sur le chemin du retour. Sans Mathilde, la maison était trop calme, trop nette, la jarre à biscuits restait pleine, nul bas ou jupe ne séchaient sur les cordes à linge tendues dans le grenier. Soigneusement Jeanne-Marie avait rassemblé dans un coffre les effets de sa fille, avait ôté, lavé, plié les draps de son lit, roulé le matelas mais ces actions décisives n'avaient pas été suivies d'effet. Ses traces effacées, Mathilde demeurait quand même présente et la regardait avec des yeux ironiques et méprisants, surtout la nuit quand elle cherchait à s'endormir. À côté d'elle, son mari se tournait et se retournait. Il ne lui posait plus sur le front le baiser du soir, Mathilde les séparait, en faisait des étrangers l'un pour l'autre à jamais.

Dans la cuisine, le fourneau ronflait. Jeanne-Marie décrocha d'une patère sa pelisse, un châle, prit ses bottes dans le placard qui jouxtait la porte donnant sur la cour. De la morue à l'ail mijotait avec des pommes de terre et des oignons, du col de la bouilloire de fonte noire s'échappait un mince filet de vapeur.

La neige collait aux vêtements, aux semelles des bottes, aux patins du traîneau qui se faisait lourd. Jeanne-Marie serra les dents. Quand Mathilde était petite, elle grimpait sur la luge et chantait à tue-tête ou s'amusait à ouvrir la bouche pour avaler des flocons de neige. Le soir, elle s'asseyait sur le rebord du grand lit et demandait qu'on lui dise des contes. L'année de ses six ans, elle avait changé. Elle ne venait plus dans la chambre de ses parents, on ne l'entendait plus chanter. Elle était devenue insolente, nerveuse. À l'école, elle ne pouvait rester assise tranquille, n'écoutait pas la maîtresse, exaspérait les autres petites filles en leur tirant les cheveux ou en chipant leur goûter. À l'adolescence, elle s'était isolée, restait des soirées entières sans desserrer les dents. Puis avait commencé son intérêt pour les garçons, une époque que Jeanne-Marie gardait comme une blessure à vif dans sa chair. Mathilde s'offrait comme si elle voulait se dégrader, se donner au malheur. La détresse, elle la voyait dans ses yeux sans pouvoir rien faire pour l'aider. Plus tard, elle n'avait plus essayé de lui parler, elle avait renoncé à tout contact avec sa fille. Peut-être aurait-elle dû quand même…

Jeanne-Marie hâta le pas. En dépit de ses gants épais, la corde lui sciait la main. Elle avait appris non seulement à supporter la souffrance mais à la désirer. La douleur infligée par sa fille lui semblait alors plus légère.

La poudreuse rentrait dans ses yeux, ses narines, sa bouche, Jeanne-Marie ne ralentit pas le pas. Les brûlures qu'elle ressentait dans les pieds, au bout des doigts lui donnaient la certitude d'exister. Désormais elle n'avait plus conscience d'elle-même que dans les remords, la colère ou la douleur. Étaient-ce ces sensations qui avaient poussé Mathilde à les quitter ? Détresse et violence combinées ? « Encore heureux qu'elle ne soit ni une prostituée ni une criminelle », assurait Léontine Mercier, une de ses voisines, soi-disant pour lui faire plaisir. Lorsqu'elle s'était enfuie avec Yvon Rivolen, Jeanne-Marie avait été voir le père Leblanc au presbytère. Il avait tenté de la réconforter en lui assurant que Jésus était venu pour les pécheurs, qu'il ne les abandonnait jamais, aussi bas puissent-ils tomber, que l'âme humaine était trouble, riche en incertitudes mais qu'au plus profond de l'obscurité la lumière demeurait. Il avait ajouté : « Comme un phare au milieu du brouillard. Dieu n'est jamais absent, même si on se croit seul au monde. »

Au bas de la pente, le sentier rejoignait la grand-rue avec l'église, la poste, l'épicerie, l'atelier du bourrelier qui faisait également office de maréchal-ferrant, l'échoppe du cordonnier, celle de l'apothicaire, la boulangerie. Déjà Jeanne-Marie apercevait d'autres traîneaux, certains tirés par un gros chien, des passants enveloppés dans leurs houppelandes. À la nuit, nul ne s'aventurait plus dehors. On craignait les ténèbres, le silence, les loups-garous, ces hommes vêtus de noir qui venaient l'hiver hanter la lande et les imaginations. À l'épicerie, Jeanne-Marie savait que l'on se contenterait de lui donner un rapide bonsoir. Elle embarrassait, elle et sa drôle de fille qui les avait tous perturbés, indignés.

La neige tombait plus dru maintenant, piquant le visage, s'accrochant aux sourcils, au col des pelisses. De la fumée montait des cheminées et se perdait dans la brouillasse. Derrière les carreaux des maisons alignées de chaque côté de la rue, déjà brillaient des lampes. Tout semblait feutré, lointain, irréel et Jeanne-Marie se sentit soudain très proche de sa fille, ni vivante ni morte.

Du revers d'un de ses gants en peau de phoque, elle essuya la neige qui lui collait au visage. Il n'y avait guère de monde dans la grand-rue, les familles devaient se rassembler autour du poêle à bois avant le repas du soir. Jeanne-Marie pensa au silence qui désormais les unissait, son mari, son fils et elle, celui des non-dits, des regrets, de la fatalité, de la honte.

L'épicerie était à deux pas et Jeanne-Marie s'arrêta pour souffler. « La terre aura son corps et le diable son âme », s'était moqué le bourrelier chez Denise Lefaucheux. Denise l'avait jeté dehors mais de bouche en bouche les mots lui avaient été répétés. « Pourquoi un tel acharnement ? » prononça Jeanne-Marie à mi-voix. Elle parlait souvent seule, maintenant, répétait le nom de sa fille, s'étonnait qu'elle puisse avoir haï ou méprisé sa famille au point de vouloir la quitter pour toujours. Que lui reprochait-elle ? Son manque de tendresse ? Mais c'était elle qui repoussait les baisers, évitait le contact des corps, même le jour de Noël ou celui de son anniversaire. Les rares conversations qu'elles avaient encore s'achevaient généralement par des mots durs, des réactions impulsives. Mathilde ne pleurait jamais. Elle semblait se plaire dans ces confrontations, à moins que celles-ci ne fussent son dernier refuge, une sorte d'encre qu'elle jetait à la tête des autres pour se protéger, se rendre invisible.

De la lanterne pendue au-dessus de la porte de l'épicerie coulait une lumière jaune qui se répandait en flaques sur la neige. On entendait des voix de femmes, l'éclat d'un rire. Déjà sur la défensive, Jeanne-Marie découvrit avec étonnement qu'elle était prête à se battre pour défendre sa fille. Qu'elles le veuillent ou non, toutes deux survivaient désormais main dans la main. Ensemble, elles allaient recommencer une autre vie, une vie éthérée sans agressivité ni amertume, et cette seule pensée était réconfortante, presque heureuse. Dès le lendemain, elle irait voir Mathilde, lui parlerait, oserait poser un baiser sur son front.

L'horloge de l'église sonna six coups. La nuit était grise, humide. Rien n'était perdu.

Jeanne-Marie lia avec soin la corde du traîneau à une des rambardes longeant l'escalier de bois. Elle soupira. Le poids insupportable qui l'écrasait depuis le départ de Mathilde commençait à s'alléger. On se cache quand on a honte. Elle allait sortir au grand jour. Tenter de faire comprendre à sa fille qu'elle l'aimait. Enfin.

Anne m'a reparlé du début de sa liaison avec Vincent. Ils se retrouvaient à Montréal dans une garçonnière meublée près de la rue Sainte-Catherine. Il y avait un grand lit recouvert de cretonne à fleurs, une armoire à glace, une table et quatre chaises aux dossiers ornés de roses sculptées dans le bois de hêtre. Une liaison banale entre deux personnes mariées. Elle se croyait passionnément amoureuse. Le choix de quitter sa famille, de laisser derrière elle le Canada pour s'installer dans un endroit neuf où ils auraient une maison à eux, même si elle devait y vivre seule dans un premier temps, s'était imposé. La garçonnière de Montréal la désolait. Vincent ne l'avait ni encouragée ni découragée. Il était heureux d'inspirer une telle passion, il se laissait vivre.

Attirée par la poésie de l'archipel où ses parents les avaient amenées, sa sœur et elle lorsqu'elles étaient enfants, Anne avait acheté en plein été la maison de l'île aux Chiens. Un peu à l'écart du village, près de la mer, elle offrait un petit jardin ceint d'une barrière en bois brut. De là, on entendait le fracas des vagues, les cris des mouettes. Anne en parlait les yeux clos, comme si cette époque faisait partie d'un rêve. Elle avait recommencé à dessiner, faisait de longues promenades à pied, écrivait à Vincent. Les dames de l'île l'avaient tolérée, faute de mieux, et elle aimait recevoir dans son salon qu'elle avait tendu d'une étoffe bleutée. En parlant du cadre de ce qui avait été sa vie durant trois ans, Anne haussait la voix, un peu de rose lui revenait aux joues. Là, m'a-t-elle dit, elle avait vécu sa vraie existence et de s'en souvenir lui donnait en même temps le vertige et l'envie de vomir. Elle avait construit, s'était réjouie un court moment de son œuvre avant de tout réduire en cendres.

Je me suis gardée d'intervenir, d'ailleurs Anne n'attendait nulle approbation ou critique. Elle monologuait. Elle a réussi à capter mon attention. Moi qui me croyais cynique, je n'étais qu'une débutante dans la brutalité des sentiments. À tous, elle avait donné l'impression d'être une victime quand elle était une araignée tissant sa toile. D'instinct, elle savait comment capturer, blesser, dévorer.

« Je vivais d'illusions, m'a-t-elle dit, je jubilais de ne plus avoir à faire plaisir, à m'excuser, à me taire, de ne plus être une jolie et inutile poupée. »

Enfin elle m'a regardée : « Pourquoi est-ce que je te raconte ma vie ? Tu es une étrangère. » Je me suis surprise à répondre : « Nous sommes sœurs. »

Elle s'est allongée, a fermé les yeux mais je savais qu'elle faisait semblant de dormir afin de ne plus me voir. Je me suis écartée pour penser à moi-même. Ni Anne ni moi n'avons joué le jeu selon les règles et nous avons été exclues. Je ne suis pas désespérée, je n'ai plus de rancune, je suis déterminée, presque sereine. Là où je suis, je resterai, je m'accrocherai. Le gardien du phare n'a aucun pouvoir sur moi.

Je suis allée jusqu'à la mer. L'absence d'oiseaux, de toute vie animale rend irréels le temps, l'espace. Je suis restée un long moment immobile avec le visage d'Anne dans ma mémoire. Je sais qu'une fois son histoire achevée, elle voudra s'en aller. J'ai peur, je sens la mort. Mais d'elle, je garderai l'image d'une séductrice. J'ai aimé flirter avec elle, la considérer comme une alliée, elle m'offrait un espace de silence, l'estime de moi-même. J'avais bien compris que je ne quitterais plus l'île aux Chiens, que je n'aurais d'autre vie que celle de femme de pêcheur, que j'étais prise dans une nasse. Anne m'a ôté le désir de mourir. Après la vie, il n'y a ni quiétude, ni repos, ni paix. Il n'y a rien, et je veux me souvenir d'elle.

Je me rappelle le catéchisme que faisait le père Leblanc. Les garçons chahutaient, les filles riaient sous cape en se poussant du coude, quelques moineaux sautillaient dans la travée centrale de l'église. Le cours achevé, les enfants dévalaient le talus qui descendait en pente douce vers la rue. J'oubliais aussitôt ce qu'avait dit le curé, ses paroles hypocrites affirmant que tout était amour. À la maison ma mère ravaudait, balayait, cuisinait. Elle n'avait jamais un instant à m'accorder sauf le soir. Mais dès l'âge de six ans, je n'ai plus voulu entrer dans la chambre de mes parents. Mon père me troublait, m'attirait et me faisait peur. Lorsqu'il me caressait, je l'adorais et le haïssais.

Lorsque je suis revenue sur mes pas, j'ai vu que le fanal clignotait. Je l'ai observé longtemps, fascinée par ce mirage puis j'ai crié aussi fort que je le pouvais : « Viens me prendre si tu le peux. » Tout était silencieux, il n'y avait pas un souffle de vent, la mer était plate, même dans le chenal. J'ai détourné la tête. Ce fanal est comme un œil qui m'observe. Qu'attend-il ? De voir ce qu'il y a dans mon esprit, dans mon cœur ? Cherche-t-il à s'implanter au plus profond de moi-même pour m'investir, me posséder ? Mais comme tout ce qui existe sur cet îlot, la lumière est imposture, irréalité. Je suis revenue auprès d'Anne. Elle dormait. Je l'ai trouvée belle, sereine et l'ai détestée à nouveau, elle et ses tricheries, ses fausses histoires d'amour.

En voyant revenir Jeanne-Marie cassée en deux, Léontine Mercier leva les yeux au ciel. Chez les Garrec, personne ne tournait rond. Le père était un drôle de type, le fils un garçon bourru, hargneux à ses heures, la mère une perverse qui prenait plaisir à souffrir. Dans la famille, c'était Mathilde qu'elle préférait et son départ tragique l'avait secouée. Il n'y avait pas de jour où elle ne pensât à cette fille batailleuse et solitaire qui avait cru pouvoir s'en tirer seule avant de renoncer. En Mathilde, elle retrouvait la fille qu'elle avait été elle-même à vingt ans. Mise comme elle devant le choix de plier ou de casser, elle avait plié, épousé un pêcheur, mis au monde cinq enfants. Mais demeuraient vivantes au plus profond de son être une originalité, une liberté qui la différenciaient de la plupart des femmes de l'île.

Léontine laissa retomber le rideau de macramé qui ornait la fenêtre de sa salle à manger. Elle avait la soupe à surveiller, un lapin à enfourner. Son mari et ses trois fils occupaient la saison hivernale à construire une barque, *La Marguerite*. Ses deux filles avaient quitté depuis longtemps le logis, l'une pour se marier à Saint-Pierre, l'autre pour enseigner au Canada. Elle était restée. Sa vie était faite. Le jour venu, elle se coucherait pour mourir.

À plusieurs reprises, elle avait essayé de parler à Mathilde, de la mettre en confiance mais leur différence d'âge avait laissé croire à la jeune fille qu'aucune communication n'était possible entre elles. Il était trop tôt ou trop tard, elle ne l'avait jamais su.

La nuit tombait. On entendait le mugissement sinistre de la corne de brume qui accompagnait les habitants jusque dans leurs rêves, on apercevait par intermittence l'éclat blanc du phare, point de rendez-vous des enfants et des amoureux.

Un moment Léontine resta immobile. Les bruits familiers l'apaisaient, l'engourdissaient. Rien ne l'effrayait plus que le silence. Il lui faisait remonter le temps, levait en elle la vieille colère, de l'inadmissible sujétion. Était-ce cette rage qui avait submergé Mathilde avant qu'elle ne prenne la décision de mourir ? N'avait-elle pas compris que les ressentiments aidaient à se sentir vivant ? Que les frustrations nourrissaient un désir de revanche ? Mathilde, qui se voulait revenue de tout, n'était en réalité qu'une enfant.

Tandis qu'elle pelait des pommes de terre, éminçait des oignons, Léontine laissait vagabonder les souvenirs enfermés dans sa mémoire.

Pour la fille des Garrec, les relations amoureuses étaient une arme offensive, elle l'avait compris lorsqu'elle la voyait avec un garçon. Deux regards étrangers, l'un niais, l'autre d'acier. Les nigauds qui espéraient la conquérir allaient à l'abattage et, revenus de leur bêtise, ne trouvaient pas de mots assez durs pour qualifier celle qui s'était moquée d'eux. Les termes qu'ils employaient circulaient de bouche en bouche : Mathilde était une garce, une pute. Quand elle prenait sa défense, on ricanait.

« L'amour est le bagne des femmes », prononça Léontine à mi-voix. Depuis ses treize ans, on avait agité ce mot sous son nez comme une carotte pour la faire avancer : trouver un fiancé, un mari, se dévouer, se désintégrer. Même un amant n'apportait que désillusions. Anne Leclerc était bien placée pour le savoir. Curieusement, pour cette femme seule elle n'avait pas eu d'attirance. Mathilde était franche, elle agissait en plein jour, Anne tissait sa toile dans l'ombre. Elle se complaisait à trahir, à détruire. « On a le droit de s'enfuir, prononça à mi-voix Léontine, ou d'accepter, mais pas de faire semblant. » Anne avait été une épouse malheureuse, une amante perfide qui ne pouvait vivre sans nouer des relations superficielles, être désirée et courtisée. Puis, comme Mathilde, elle avait réalisé que le vide la happait.

Parfois Léontine avait l'impression d'avoir vécu la vie de Mathilde et, dans une moindre intensité, celle d'Anne.

La rue était vide. Dans un instant, ses hommes seraient de retour, ôteraient leurs bottes, videraient quelques chopes de bière de gingembre, s'installeraient devant le poêle à bois. Ils parleraient de *La Marguerite*, du travail fait, de celui qui restait à faire. Ils sentiraient la sueur, le bois vert, le poisson et elle mettrait le couvert en surveillant la cuisson du lapin.

Léontine regagna à pas lents la salle à manger. De plus en plus souvent l'envahissait un sentiment d'irréalité qui lui faisait douter de sa propre existence. Dieu s'était-il trompé en la fourrant dans ce corps sans beauté, en la condamnant à vivre dans un endroit où nulle chance ne lui serait accordée ? Qu'expiait-elle ?

À l'île aux Chiens, il y avait très peu de fous, des originaux seulement ou des simplets, comme si cette évasion était elle aussi impossible. Hommes comme femmes tenaient bon, accomplissaient leur devoir jusqu'à ce que la mort les délivre du fardeau de la vie.

Léontine respira le fumet du lapin, l'odeur sucrée des oignons qui rissolaient. Quel avait été le péché de Mathilde ? Quel était celui qu'expiaient génération après génération les femmes de marins ? La mort, la vie s'y enlaçaient étroitement. Travail, fatalité, soumission. Tout était simple, tout anéantissait les rêves. Le temps de la souffrance, des peines et du labeur n'en finissait pas de couler. « Nous devons tout endurer pour l'amour de Dieu », prêchait le père Leblanc. « Que Sa volonté soit faite. »

Selon son habitude, le vieux curé émietta une tranche de pain dans sa soupe. Quoi qu'il ne fasse pas chaud dans la salle à manger du presbytère, Amélie, la servante, ménageait le bois et le charbon comme elle avait vu ses parents et, avant eux, ses grands-parents le faire. Dans la pièce voisine qui servait de bureau et d'oratoire, l'horloge sonna sept coups.

Le curé était fatigué. Le matin même, tout le village, croyants ou non, s'était réuni dans l'église pour dire adieu à Camille Bonenfant. Les quelques fonctionnaires qui étaient venus de Saint-Pierre avaient profité d'une mer calme pour aussitôt réembarquer et, dès l'après-déjeuner, chacun avait repris sa vie ordinaire. Camille était effacée. On ne verrait plus passer sa silhouette menue, on n'entendrait plus sonner sur les pavés sa marche hésitante. Sa personne ne désorienterait plus, ne culpabiliserait plus.

Depuis un moment le père Leblanc ne cessait de se demander pourquoi la vie rejetait en même temps

Anne Leclerc, Mathilde Garrec et Camille Bonenfant. La société vomissait-elle ceux qu'elle n'assimilait pas ? Elles n'avaient rien en commun cependant, sinon qu'elles encombraient. Sur cette petite île, il n'y avait pas de place pour les asociaux ou les handicapés, hormis ceux que la mer avait meurtris. Dieu reconnaissait les siens. Il avait pris Camille auprès de Lui, appellerait bientôt les autres, Mathilde elle-même qui niait son existence. Il avait essayé en vain de lui parler, de l'apprivoiser. Elle savait ce qui la révoltait et s'identifiait à ses refus. L'échec de Mathilde était aussi le sien. En voulant rompre le fil de sa vie, elle l'avait atteint en plein cœur.

La soupe était froide et le père Leblanc n'y avait pas touché. Où étaient Mathilde et Anne ? Dans quel lieu inconnu ? En dépit de sa foi, il savait que nul ne pouvait imaginer l'Au-Delà ni le monde qui touchait à celui des vivants et des morts. Les religions antiques l'avaient évoqué et son ombre demeurait dans les mémoires d'une façon imprécise et angoissante. L'homme acceptait les revers, les maladies, les déchéances, les trahisons, il se résignait à tout pourvu qu'il lui reste la vie. Et soudain il perdait le contrôle de ce trésor, on le lui ôtait brutalement ou avec lenteur. Errait-il alors dans la brume en quête d'un phare qui puisse le guider ?

La servante apporta du flétan aux oignons. Même à l'intérieur, elle portait un fichu de flanelle sur la tête, un châle sur les épaules.

Le père Leblanc se força à avaler quelques bouchées du poisson qui baignait dans un jus brun doré. Le vent qui sifflait dans la cheminée, la neige collée aux carreaux accentuaient son intense sentiment de solitude. Ce vide était ce qu'il appelait « la place que Dieu doit creuser dans les cœurs ». Existait-elle dans celui de Mathilde Garrec ? Poussée par ses parents, elle avait fait sa première communion, avait reçu la confirmation avec indifférence. Le mot amour ne signifiait pas grand-chose pour elle et il ignorait la raison de cette carence. Elle avait choisi la chaîne qui entravait, la vase qui embourbait, le vent qui rompait.

Le père Leblanc but une longue gorgée d'eau mouillée de vin. Un peu de graisse collait au bord de son assiette, figeait les rondelles d'oignon, les restes du flétan. Il ne craignait pas le Maître de la mort et allait se rendre dans son oratoire pour l'implorer, lui demander de prendre Mathilde par la main. Anne Leclerc qui savait embobiner les hommes trouverait bien un moyen pour plaider sa cause.

Un moment, le vieux curé demeura immobile. Il revoyait la jolie silhouette de la Canadienne se dirigeant vers la mer. Parfois, à son corps défendant, il l'avait suivie du regard. L'avait-elle perturbé ? Sans doute. Cette femme ouvrait les portes d'un monde qui jusqu'alors lui était fermé. Dans la solitude de son presbytère, il avait pensé à Ève, aux sirènes, aux fées, à ces femmes qui, par leur grâce ou leur énergie, avaient eu sur les hommes un pouvoir de vie et de mort. Anne était une présence embarrassante, indésirable dans une île où chacun accomplissait sans murmure un destin choisi par Dieu. Nul ne pouvait l'accuser de chercher à séduire les hommes mais sa simple présence les troublait. « La mort triomphera de ses charmes », murmura-t-il.

10 novembre

Anne m'affirme que le jour se lève plus tard et que le crépuscule tombe plus tôt. Je n'ai rien remarqué de tel mais n'ai pas voulu la contredire. En revanche, j'ai noté que le brouillard était moins dense et que par moments on pouvait apercevoir quelques rocs, le phare. Il se détache maintenant sur la mer comme un phallus géant qui cherche à nous provoquer ou nous défier. Est-ce ce symbole qui a fait naître dans l'esprit de Camille et d'Anne l'idée d'un gardien, d'un homme qui veillerait de loin sur elles ? À cause de cette illusion, Camille est allée se jeter dans le chenal et Anne pourrait bien l'imiter.

J'ai aimé les hommes et j'en ai eu peur. Puis je les ai méprisés ou ignorés parce qu'ils ne parvenaient plus à lever en moi d'émotions, de sympathie, de désir, d'amitié, et encore moins d'amour. Je ne me souviens clairement que de mon premier amant et de Vincent parce que j'ai voulu les séduire l'un comme l'autre, me les attacher, les garder. Entre eux, il n'y a eu dans ma vie que du vide.

Anne parle comme pour elle-même avec une voix douce. Moi, je regarde la mer, les reflets argentés sur la surface grise. Je déteste penser à autrefois, faire renaître d'indésirables souvenirs, revoir le visage de Vincent. Songeait-il à Anne lorsqu'il me faisait l'amour ? Se vengeait-il avec moi de la froideur de celle qui lui avait juré un attachement éternel ? J'ai tourné la tête et à ce moment même, Anne me fixait.

– As-tu peur ? m'a-t-elle demandé.
– Peur de quoi ? ai-je rétorqué.
– De ta mémoire.

J'ai cru qu'elle lisait mes pensées et ai été décontenancée, puis j'ai pris le parti de sourire.

– Je pense à une vie qui n'existe plus, au soleil, à l'été, à un verre de bière de genièvre, au désir qui s'allume dans les yeux des garçons quand on leur sourit, je pense à des nuages qui s'étirent dans la lumière, à une plage balayée par le vent.

Anne a secoué la tête.

– Tu as voulu partir, quitter tout cela.

J'ai serré les dents. Comment cette femme pouvait-elle prétendre connaître mes sentiments ? Elle me voyait comme les autres, ceux de l'île, elle était aussi bornée qu'eux. Je me suis éloignée. Les souvenirs ne me rongent plus l'esprit. Dans cet îlot, rien ne subsiste longtemps, ni peines, ni joies. On est insensibilisé.

Le soleil, la lune, les étoiles me manquent. J'ai la sensation d'être dans une autre galaxie. Ici, le monde semble à son commencement ou à sa fin, il n'y a plus de temps, plus de saisons, seulement de l'ombre, de la brume, des roches et un phare qui s'allume quand on s'éveille ou s'endort.

J'ai marché rapidement jusqu'au bout de l'île sans me retourner. J'ai oublié les oiseaux qui s'envolent, les lapins qui détalent, la chaleur du soleil, le son des cloches, l'ombre des pins. Je ne me souviens plus du visage de mes parents ni celui de mon frère, ni des traits de ma voisine. Je n'ai pas sommeil, je ne souffre pas. Mes blessures ont dû se refermer, se cicatriser car je ne les sens plus. Ma gorge ne me fait plus mal. Ici il n'y a pas de miroirs, de reflets trompeurs, flatteurs, complices. À force d'être seule avec moi-même, j'arrive à imaginer une autre vie. J'essaie de me réinventer. Aurais-je vécu prisonnière et réussi à m'évader ? Mais pour aller où ? Dans ce lieu, il n'y a que le néant, le silence et le phare.

Anne m'attendait. Je me suis assise à côté d'elle.

– Vas-y, ai-je dit, raconte-moi la suite de ta belle histoire d'amour.

Le docteur Trébois n'était pas optimiste. Avec ce froid, beaucoup de vieillards ne verraient pas la fin de l'hiver. Et il y avait Anne et Mathilde qu'il ne récupérerait jamais. Mathilde pouvait s'accrocher à la vie, elle était jeune, mais comment lui souhaiter de rester là où elle se trouvait aujourd'hui ? François Bonenfant l'inquiétait également. Depuis la disparition de Camille, il n'était pas sorti de chez lui. On allait cependant bientôt mettre sa maison en vente, il lui faudrait se montrer réaliste. Lui-même emménagerait chez Anne Leclerc après Pâques. Depuis longtemps, l'île aux Chiens n'avait vu de tel remue-ménage.

À plusieurs reprises, il avait sonné chez Bonenfant mais celui-ci n'avait pas voulu lui ouvrir sa porte. Maintenant il ne franchirait plus la clôture de planches peintes en blanc, à peine tournait-il la tête pour voir s'il apercevait le père de Camille derrière un carreau. Les Douanes lui avaient accordé deux semaines de congé. Mais Trébois craignait qu'on ne le revît pas de sitôt. Ce ne pouvait être les remords qui le tuaient, il n'avait rien à se reprocher, en dépit des accusations imbéciles de son épouse, plutôt le doute de ne pas avoir su mieux profiter pleinement de sa propre fille tant qu'elle vivait à ses côtés. Maintenant il était trop tard.

Lui-même avait connu ce sentiment de frustration lorsque son père était mort. Il l'avait craint, respecté, admiré, jamais aimé, non qu'il eût le moindre grief contre lui, mais parce qu'il n'avait jamais osé l'interroger, tisser un lien entre eux deux, établir une complicité.

Après son décès seulement, il avait découvert sa véritable personnalité par des lettres, des papiers communiqués par son frère. Son père avait été un homme courageux, généreux qui, bien que grand bourgeois, s'était rangé auprès des Républicains contre l'Empereur. Certes, il s'était montré implacable à son égard mais aujourd'hui Trébois le comprenait. En réalité, il lui avait donné la chance de recommencer de zéro une existence stupidement compromise.

Le docteur soupira. Pouvait-il lui-même prétendre connaître sa femme et ses deux filles ? La vie quotidienne établissait des rites, des complicités superficielles qui bloquaient les confidences, l'expression des doutes, les véritables espérances, verrouillait les secrets. L'une à Paris, l'autre à Montréal, ses filles avaient des amours, des amitiés, des ambitions, des chagrins dont il était exclu. Que découvriraient-elles de lui après son décès ? Peu de choses. À jamais il resterait figé dans leurs souvenirs, un médecin de province, un homme sans histoires. Ce n'était pas de son plein gré pourtant qu'à vingt-huit ans il s'était exilé à Saint-Pierre. Bien qu'appartenant à un lointain passé, le drame qu'il avait vécu n'était pas mort tout à fait. Des rêves, parfois, le lui faisaient retrouver avec une telle acuité qu'il se réveillait en sueur. Il revoyait des mains cherchant à attraper le vide, un regard fou, des cheveux épars sur une table de bois brut. Un modèle, presque une prostituée... Le premier, il avait compris qu'elle était en train de mourir. Mais l'alcool leur brouillait l'esprit à tous, les paralysait et ces nouveaux médecins, qui venaient de prêter le serment d'Hippocrate, avaient ricané au lieu d'intervenir.

« Viol collectif, brutalité ayant entraîné la mort. » Son père lui tendait le rapport du commissaire de police. Tous deux étaient blafards, effarés.

– Je vais faire intervenir des amis, avait murmuré son père. Il faut à tout prix éviter un scandale.

Trébois se souvenait encore du timbre de cette voix : sourd, angoissé, mais aussi déterminé, âpre. Incapable de prononcer un mot, il avait baissé la tête. De la rue de Rome montaient les appels des colporteurs, des grincements de roues d'un fiacre sur les pavés. Trente ans plus tard, il sentait encore les odeurs du bureau de son père : encre séchée, cuir, tabac anglais. Il lui semblait être devenu la résonance des mots, le simple écho d'une décision qui l'excluait.

L'affaire avait été étouffée. Il avait accepté toutes les conditions : un exil dans une terre lointaine sans retour possible. Se faire oublier, se couper volontairement de la lignée des Trébois. « Se refaire une vie », avait conclu son père. L'obscurité les enveloppait l'un et l'autre. S'il avait tendu la main, il aurait pu s'emparer de celle de son père, la serrer dans la sienne. Mais il avait gardé les bras le long de son corps.

Jamais plus ils ne s'étaient revus, jamais il n'avait reçu de nouvelles de lui. Mais des quatre enfants, sans doute était-il celui qui l'avait le plus pleuré à sa mort. Deux existences parallèles, un définitif silence.

Derrière la fenêtre de la salle à manger, François Bonenfant regarda s'éloigner le docteur Trébois. Jamais il n'avait eu de sympathie pour cet homme froid, sûr de lui. S'il avait correspondu avec des confrères, s'il l'avait vraiment voulu, Camille aurait pu être soignée à New York ou à Paris et peut-être recouvrer partiellement la vue. Mais son diagnostic tombait toujours sec, sans appel, sans nuance. Sa vie durant, sa fille serait aveugle, il devait tuer en lui tout espoir. Se rendait-il compte de ce que ses mots signifiaient ? Des illusions qu'il anéantissait ? Tout médecin qu'il était, il ignorait que l'homme a besoin d'une brise pour le pousser, d'une lumière pour l'éclairer. Qui pouvait survivre dans l'accablement, le vide ? La vie de sa fille devait avoir un sens. À maintes reprises, il avait jalousé le père Leblanc auquel Camille se confiait davantage. Lui savait trouver les mots qui ne décrivaient pas une réalité matérielle, évoquait des images que Camille pouvait contempler. Lors des obsèques, il l'avait embrassé. « Dieu l'a prise auprès de lui, avait-il murmuré à son oreille, Il est venu chercher la plus pure d'entre les siens. » Croyait-il apaiser sa peine ? Dieu avait été injuste envers sa fille tout au long de sa courte vie. C'était ce qu'il avait répondu crûment au père Leblanc. Il s'était écarté : « Dieu ne s'intéresse qu'aux âmes, la souffrance est une voie qui mène au salut. »

Machinalement, François Bonenfant souleva l'abat-jour de porcelaine blanche d'une lampe posée sur le buffet de la salle à manger et enflamma la mèche. L'ombre qui jouait sur les murs, le plafond, donnait du mystère à la banalité de la pièce. Des meubles montait l'odeur sucrée de la cire que la femme de ménage avait utilisée le matin même. Mais le monde des sens, la simplicité des jouissances quotidiennes étaient devenus étrangers à François Bonenfant. Depuis longtemps, ils n'existaient plus, avaient perdu tout pouvoir sur lui, depuis que le docteur Trébois lui avait appris que son nouveau-né était aveugle. Alors qu'ils auraient dû se souder l'un à l'autre, Madeleine était devenue bizarre, cherchait des raisons à tout, extirpait du fond d'elle-même des amertumes, des peines anciennes qui émergeaient de leur brouillard et lui perturbaient l'esprit. Il aurait dû refuser de prêter l'oreille, continuer à saluer Mathieu comme si de rien n'était.

Par quel sale tour du destin, celui-ci avait-il pu causer involontairement la mort de son enfant ? Un vertige obligea François Bonenfant à s'appuyer contre la longue table de noyer que Madeleine avait fait faire à Saint-Pierre. Son beau-frère avait décidé de vendre la maison meublée, de se débarrasser de tout, et le village le croyait consterné. En réalité, il s'en moquait. Déjà il était loin de cette demeure, on pouvait l'habiter ou la détruire, arracher les arbustes du jardin, couper le sapin, de toute façon il ne serait pas resté. Toute sa vie, il s'était montré docile, d'abord envers ses parents, puis envers ses maîtres, enfin dans son devoir de fonctionnaire mais, aujourd'hui, la rébellion montait en lui, le submergeait. Le même cauchemar hantait ses nuits. Il voyait Camille avancer vers la charrette lancée à bonne allure, voulait courir à son secours mais ne pouvait pas se mouvoir. Une tache rouge effaçait tout…

En accord avec Madeleine, il avait décidé de laisser Camille circuler à sa guise dans le village. Pourquoi avoir fait ce choix qui avait coûté la vie de son enfant ? Aurait-il dû lui interdire de sortir de la maison ? La mettre en cage comme un oiseau ? Pouvait-on déjouer la fatalité ? Souvent, au fond de son lit, il croyait entendre un bruit, voir passer une ombre que la lumière de sa veilleuse découpait sur le mur. Vivement il se redressait. Mais seul le vent qui soufflait dans la cheminée faisait onduler les rideaux de cretonne. Un homme éméché émergeait de la taverne de Denise Lefaucheux et parlait à voix haute dans la rue. Tout était normal. François Bonenfant reposait la tête sur l'oreiller, fermait les yeux, se mordait les lèvres. Une douleur pour chasser un souvenir, les traces d'une vie qui avait failli à ses espérances de jeunesse quand il rêvait de servir son pays dans des terres lointaines, de fonder une famille heureuse. L'avenir semblait alors lui appartenir et, cependant, il n'avait rien choisi. Un événement en entraînait un autre. La vie était une chaîne qui peu à peu entravait, immobilisait, étranglait. Mais quand on coupait un arbre, ses racines ne survivaient-elles pas longtemps encore ?

11 novembre

– Quand j'ai décidé de quitter les Trois Rivières, je n'avais aucun doute, aucun regret. J'avais eu le courage de dire adieu à mon passé, de prendre mes responsabilités, j'avais foi en l'avenir, j'étais certaine que celui-ci me donnerait raison. J'étais prête à vivre ma propre vie.

La voix d'Anne est monocorde. J'ai l'impression qu'elle récite un texte mâché et remâché depuis des années. La sueur colle des mèches de cheveux sur ses tempes et sur son front et, pourtant, il fait doux. Cet îlot me donne parfois l'impression d'être un cocon, un œuf dans lequel nous incubons. Ma vie se passera-t-elle désormais à l'intérieur de cette coquille sans couleurs vives, sans odeurs ou sons familiers ? Je devrais être troublée ou révoltée et ne le suis pas. Ici, bizarrement, je suis bien, je n'ai plus la moindre sensation pénible. Je surnage.

Je remarque qu'Anne a des petites rides au coin des yeux, alors qu'elle n'a pas plus de trente-cinq ans. Elle semble toute menue enveloppée dans son châle.

– Je t'écoute, ai-je assuré.

Cette complicité me dérangeait mais j'avais envie de connaître son histoire, de savoir si j'en faisais partie.

– C'est à l'île aux Chiens que j'ai trouvé ma maison, celle dont je voulais faire un foyer pour Vincent.

J'aimais ses proportions, son jardin où poussaient des brassées de glaïeuls, la mer à deux pas avec le mugissement du ressac dans la dentelure des rochers. De ma chambre, je voyais le phare et la lumière du fanal la nuit me sécurisait.

Chaque jour, j'écrivais à Vincent, lui faisais part des projets que j'avais pour nous : je le voulais plus à moi. Pourquoi ne viendrait-il pas écrire son prochain roman dans l'archipel ? Je veillerais sur lui, lui ferais la vie douce et heureuse. Et une ou deux fois par an, nous irions aux États-Unis, en France, en Italie... Nous n'aurions, lui et moi, que des moments de bonheur.

J'attendais ses lettres avec fièvre. Elles étaient toujours trop courtes. Il pensait à moi, il allait bientôt venir mais achevait un roman, avait besoin de paix au milieu de sa bibliothèque. Parfois, poussé par un élan littéraire, il évoquait les voyages que nous ferions ensemble. Ses goûts allaient vers l'Italie, l'Espagne, la Grèce, le soleil. Nous pourrions louer une maison pour quelques semaines, une demeure toute blanche entourée de palmiers avec un jardin planté d'orangers et de lauriers. Je me berçais de ses mots, ils m'emportaient. Chacun d'eux m'ouvrait des horizons de rêve. Ils sentaient la lumière, la liberté, l'amour.

La voix d'Anne est plus forte, comme si elle revivait ces moments et y croyait encore.

– Vincent est venu passer deux fois dix jours en cinq mois. J'étais heureuse avec l'arrière-goût amer de la brièveté de ce bonheur. Il aimait l'île. Nous y faisions de longues promenades. Le printemps puis l'été passèrent. La mer était lisse, la pêche abondante. Nous observions longuement les marins qui rentraient au port, le poisson qui tressautait sur les pavés gluants. D'un geste expert, les jeunes gens les éventraient de l'ouïe à la queue avec la pointe de leurs couteaux, jetaient les entrailles à la mer et les foies dans un baquet. Des chats et chiens tentaient d'approcher que les femmes éloignaient d'un cri bref. Parfois, je venais avec une feuille blanche, des crayons pour esquisser ces silhouettes, le profil d'un marin, celui d'un bateau, souligner d'un trait les ombres et l'éclat argenté des cabillauds. Vincent semblait heureux. J'avais l'impression qu'un jour il voudrait prolonger ce bonheur, le rendre définitif.

L'hiver, il n'est pas venu. La traversée était trop difficile et il allait publier un livre à Montréal, donner des conférences dans des sociétés littéraires. J'aurais voulu qu'il me demande de venir le rejoindre. En dépit du froid et du gros temps, je serais aussitôt accourue.

Ses lettres étaient plus rares. Il me racontait sa vie qui faisait paraître la mienne morne et terne. J'essayais de me réjouir pour lui.

Au printemps, il est venu passer quelque temps à l'île aux Chiens, il était enthousiaste. Son livre avait remporté un grand succès, on avait parlé de lui dans les journaux et la société internationale de Montréal le cajolait. Je lui demandai si sa femme participait à sa vie mondaine. « Bien sûr », m'a-t-il répondu. Peut-être est-ce à ce moment précis que mon amour est entré en agonie.

La journée est avancée. Je vois la mer vert-de-gris contre les rochers noirs et j'ai l'impression de ressentir l'amertume d'Anne, d'en avoir la saveur âcre à la bouche comme après un repas indigeste. Pour la première fois depuis mon arrivée dans l'île, j'ai un peu froid. Anne ne dit plus rien. Elle doit revivre le moment où elle s'est retrouvée au fond d'une impasse avec ses rêves fracassés.

J'aurais voulu l'aider, la consoler, mais je sais mal exprimer ma compassion. La vie ne m'a pas donné la possibilité d'apprendre à réconforter.

Je suis restée penchée vers elle à l'attendre. La nuit est tombée, sans lune, sans étoiles.

– Vincent était heureux, il avait ce qu'il voulait, une vie intéressante, une famille, des amis et une maîtresse dont il pouvait user selon son bon plaisir. Quand toutes les portes s'ouvraient pour lui, les miennes se refermaient une à une.

En écoutant Anne, je suis obligée de me souvenir. L'île aux Chiens me semble faire partie d'un autre monde, plus irréel paradoxalement que celui-ci.

Anne doit souffrir. Elle pose les deux mains sur son ventre et serre les dents. Au moins a-t-elle la certitude d'exister, une mémoire intacte. La mienne se dissipe au fil des jours comme si elle s'écoulait d'une faille à l'intérieur de moi. Je suis guidée par des émotions, des perceptions. Mes yeux ne me sont plus utiles. Dans le monde où je suis dorénavant, ils sont aveugles. Comme ceux de Camille.

Au prix d'un grand effort, Anne parvient à se redresser. Je n'ai pas dit un mot. Nous sommes à la fois lointaines et très proches l'une de l'autre. Anne tremble, je vois dans son regard qu'elle a peur. J'essaye de la rassurer.

– Tu vas aller mieux.

Son rire est désespéré.

– Tu sais bien que non.

Et elle ajoute :

– J'attends le gardien du phare. Il prendra soin de moi.

Je tente de plaisanter.

– Belle comme tu es, il te fera l'amour.

– L'amour, répète Anne. Oui, j'ai grand besoin d'amour.

Sans hésiter bien longtemps, Mathieu Duprès avait pris sa décision : convoyer ses deux bateaux à Saint-Pierre où il s'installerait définitivement, fuir l'île aux Chiens. Depuis l'accident, chacun se contentait d'un rapide « Bonjour, Mathieu », aucune conversation amicale, à peine un regard. Nul toutefois ne l'avait blâmé, on considérait la mort de Camille comme un terrible malheur qui aurait pu frapper toute personne possédant une carriole. Pourquoi Bonenfant laissait-il errer cette pauvre aveugle à travers le village ? Tout autant que Mathieu, il était à blâmer. Mais, en réalité, on plaignait le père et on le désavouait lui. Le cauchemar qu'il avait vécu autrefois lorsqu'on l'avait soupçonné d'être l'amant de Madeleine revenait et il était incapable aujourd'hui de faire front. Il avait pris de l'âge, s'était aigri, pardonner lui était impossible. Mais avait-il voulu la mort de Camille ?

Le marin acheva sa soupe, essuya son assiette à l'aide d'un gros morceau de pain, remplit son verre d'un vin rouge épais qu'il commandait en barrique dans le Languedoc. Il était à l'aise maintenant, patron de deux bateaux, seul maître à bord mais l'absence de sa famille ôtait toute signification à sa réussite. Comment être fier de lui-même alors que sa femme et ses trois enfants vivaient à Saint-Pierre, qu'il ne voyait pas grandir sa fille et ses deux petits gars ? Dans la cuisine, le silence était lourd. Depuis des années, il l'écrasait, le rendait fou. Pour se sentir vivant, Mathieu laissait parfois une fenêtre ouverte. Seuls le froid mordant, l'humidité qui s'abattait sur ses épaules lui redonnaient de l'énergie.

Le marin sortit du four un morceau de porc aux choux, plongea sa fourchette dans le pot de terre cuite. Certes, il avait été amoureux autrefois de Madeleine Servant, il l'avait demandée en mariage, on l'avait dédaigné. Trop pauvre, trop rustaud. Les parents visaient plus haut pour leur fille. Peut-être pensaient-ils déjà à un fonctionnaire, un homme respecté et stable qui n'avait qu'à encaisser sa paye chaque fin de mois jusqu'à l'âge de la retraite ? Sans objet, l'amour se meurt et il avait jeté son dévolu sur une autre jeune fille dont les parents étaient sûrs qu'il ferait son chemin dans la vie. Il avait été à la hauteur de leurs espérances. Un bateau, *Le Poulpe*, puis un second *La Sirène*, trois beaux enfants, une maison confortable avec clapier, poulailler, potager. Puis comme la foudre, la calomnie l'avait frappé et il s'était vite rendu compte que le mal n'était pas une simple poussée de médisance, mais une campagne méthodique pour les noircir lui et Madeleine, les compromettre, les abattre. D'abord incrédule puis malheureuse, enfin hors d'elle, Louise avait bouclé ses valises pour rejoindre ses parents à Saint-Pierre.

Quelques pas sonnaient dans la rue. Un vent aigre faisait battre les volets mal ajustés, arrachait la neige déposée au sommet des palissades. Avec des gestes machinaux, Mathieu piquait des morceaux de porc, les portait à sa bouche, du jus ruisselait sur ses lèvres, son menton qu'il ne prenait pas la peine d'essuyer. Son repas terminé, il allumerait une pipe, tenterait de faire des projets d'avenir. Il se sentait affreusement seul. Depuis l'accident, il ne pouvait dormir dans l'obscurité complète et laissait brûler à son chevet une veilleuse dont la mince flamme jaune combattait la horde des ombres et des fantômes qui l'assaillaient. Il revoyait Camille Bonenfant avancer vers lui. Fermement il tenait les rênes, sa carriole allait bon train. Avait-il retenu le cheval ? L'avait-il laissé aller ? Il ne se souvenait plus et ce vide le hantait. Camille

Bonenfant, il avait fini par l'apprendre de la bouche de l'épicière, était celle qui avait lancé la calomnie. Dans quel but ? Celui de nuire à sa propre mère ? Mais pourquoi ? Cette enfant, que chacun disait exquise, était-elle en réalité diabolique ? Elle avait vu sans sourciller un couple se disloquer, un père privé de ses enfants, sa mère se débattre contre des troubles mentaux de plus en plus graves. Cent fois il avait été tenté d'aller trouver François Bonenfant, de lui jeter à la figure ce qu'il savait : sa fille était aussi folle que Madeleine et, pis encore, méchante. Mais l'inutilité de cette démarche lui apparaissait clairement et il renonçait. Il n'avait pas de preuves, seulement des on-dit, des racontars.

Mathieu repoussa le pot de terre où déjà le porc se figeait dans sa graisse. Avait-il tiré sur les rênes ? Il ne se souvenait plus. Sa mémoire s'arrêtait sur la silhouette de Camille se dirigeant vers la route. Il faisait grand jour. Sous un soleil pâle, la neige scintillait sur les toits, en haut des cheminées. Mathilde Garrec marchait, la tête basse, renfrognée comme d'habitude, Alphonse Mercier causait avec la femme de l'apothicaire.

Camille était à deux pas. Avait-il le soleil dans l'œil, pensait-il à autre chose ? Ou avait-il volontairement renversé la jeune fille ? Lorsque son esprit tentait encore et encore de se souvenir, il lui arrivait de pleurer. Puis il allumait une pipe et se servait du brandy.

12 novembre

Anne a beaucoup dormi. J'avais peur qu'elle ne se réveille pas. La brume est très épaisse aujourd'hui, on ne distingue ni les rochers ni le phare. Je n'ai pu me reposer. J'entendais la mer et le vent qui m'apportaient des bribes de phrases éparpillées dans mon passé, des images qui dérivaient. J'ai même eu l'illusion que ma mère était là, tout près de moi, qu'elle me parlait et même m'embrassait.

Lorsque Anne s'est éveillée, je me suis assise à côté d'elle et j'ai posé ma main sur son front. Elle avait moins de fièvre. Nous avons marché jusqu'à la plage. Les rocs ressemblaient à des pierres tombales. L'accablement m'a écrasée, sans cause, sans raison, seulement parce que je sentais s'étioler mes forces vives et que contre cette désagrégation j'étais sans pouvoir. Anne a dû le comprendre car elle m'a pris la main. Je la lui ai laissée.

Nous nous sommes assises épaule contre épaule tout près de la mer. Nous savons que nous sommes abandonnées de tous, que bientôt nous serons séparées. Tôt ou tard, Anne ira jusqu'au chenal, elle bravera le courant et le ressac pour tenter de trouver la paix, la fin de ses anxiétés, une innocence perdue. La mer l'engloutira comme elle a pris Camille.

– Il y a eu d'abord un équilibre entre mon amour et mon hostilité pour Vincent. Je maîtrisais ces sentiments et pouvais passer de l'un à l'autre sans trop me blesser. J'avais l'esprit et le cœur occupés, j'élaborais des plans tout autant pour consolider notre relation que pour la détruire.

Vincent est arrivé un soir de printemps. Au ton de mes dernières lettres, il avait dû sentir un danger. Il se montra tendre, attentionné. « Un jour, me promit-il en partant, nous vivrons ensemble tout à fait. » Déjà, j'entrais dans sa mécanique pour le mettre en porte-à-faux, creuser des failles dans ses paradoxes. Cependant, jamais à cette époque, je ne lui ai autant affirmé que je l'aimais. Je trouvais des gestes, des mots, inventais des prévenances, des caresses. La satisfaction que me procurait mon détachement était pour moi une découverte, une aventure nouvelle dans un pays dont j'ignorais tout quelques mois auparavant. Nous étions désormais des partenaires égaux dans la perversité, lui me promettant une vie à laquelle il ne croyait pas, moi en sauvant une apparence d'amour, rongée et minée de l'intérieur. Pourquoi agissions-nous ainsi alors qu'il aurait été si simple de nous séparer ? La passion est un mélange de poison et d'antidote. On ne cesse de passer d'une fiole à l'autre sans savoir laquelle sera vide la première. On ne voit pas de fin à ce jeu fascinant. Pousser les pions, faire échec et mat devient une raison de vivre. Rien d'autre n'a plus d'importance.

Anne se tait. Elle a un regard paisible, lointain, comme si elle dormait les yeux ouverts. À quoi pense-t-elle ? À Vincent, à ce jeu cruel qui a mal fini ? J'ai la gorge serrée sans savoir pourquoi. Tout derrière moi s'efface, personne ne m'attend, nul ne me regrette. Anne et moi ne sommes pas parties pour être en paix. Ici, nous sommes isolées, nous attendons, tentons de voir clair en nous-mêmes. Sans doute est-il trop tard.

L'histoire d'Anne n'est pas unique. Elle m'émeut parce qu'elle me renvoie à moi-même, à l'impossibilité d'une harmonie, à ma solitude. Parce qu'ils se dirigent vers le néant, nos élans sont voués à l'échec. Une flèche lancée dans l'espace. Il n'y a pas d'avenir pour les illusions.

Malgré tout, sur cet îlot, une impulsion me pousse vers Anne quand dans l'île aux Chiens je la méprisais. J'ai envie de tailler une brèche dans mes répugnances, mes refus, d'interrompre la partie, de dire « pouce ».

– Nous sommes ensemble.

J'ai parlé lentement en détachant les mots. Anne m'a souri. Autour de nous, il n'y a que des roches, de la poussière, du sable et, au loin, la silhouette du phare qui nous bloque, nous accule.

Anne tend une main que je prends et serre dans la mienne.

– Vincent est venu vers moi parce qu'il ne savait plus quoi faire.

Je tiens à ce qu'Anne sache. C'est lui qui m'a parlé le premier sur la plage où je m'amusais à jeter des galets dans l'eau. Il voulait se rassurer, tenter d'établir une communication avec quelqu'un parce que sa maîtresse lui mentait. Il avait peur, il était désemparé. Nous avons parlé de tout et de rien. Avec moi, il se sentait fort, il retrouvait sa virilité. Sans doute commençait-il à aimer, donc à souffrir.

Nous avons partagé une bière en la buvant au goulot et nous nous sommes assis sur un rocher. L'un comme l'autre avions envie de faire semblant d'être amoureux. Mais nous savions bien que nous nous abusions. Je l'ai raccompagné vers la maison d'Anne. Il m'a dit : « À demain, au même endroit ? »

Sur le chemin de retour j'étais en colère d'avoir si vite dit oui.

– Venez me chercher si les choses tournent mal.

Le docteur Trébois passa son manteau, coiffa le bonnet doublé de loutre qui cachait ses oreilles et sa nuque. Il était tard mais il s'était fait un devoir de rester le plus longtemps possible auprès de ses malades. Anne tout particulièrement l'intéressait. Durant les longues années qu'il avait passées sur l'île aux Chiens, il avait beaucoup lu sur l'origine possible de certains maux. La monotonie des jours, l'isolement semblaient favoriser une sorte de lente autodestruction, creuser dans l'individu une faille propice à la maladie que nourrissaient l'angoisse, la détresse, l'ennui. Troubles gastriques et intestinaux étaient nombreux sur l'île et il en était arrivé à les soigner par d'inoffensives poudres ou sirops. Anne Leclerc était trop seule, elle avait subi le choc émotif violent d'une rupture qui semblait définitive et la rejetait dans un passé dont elle se croyait coupée à jamais.

Quand elle était venue le consulter, il était trop tard. Sans résistance, elle avait laissé le cancer l'envahir, la ronger, curieuse peut-être de sa propre déchéance, impatiente d'en voir la fin. Il était toujours plus facile de partir que de revenir, de reconnaître une erreur, de reprendre la place que jamais on n'aurait dû quitter. Anne avait été prise d'un vertige et s'était laissée tomber dans le vide sans tenter de se retenir. Elle avait soufflé sur le feu qui la dévorait.

Encore une fois, le docteur Trébois jeta un coup d'œil sur sa malade. De la sueur coulait sur son front, des mèches blondes étaient collées à son crâne, à ses joues. Ses yeux ouverts étaient agrandis par la fièvre. Alors qu'elle devait souffrir, pas une plainte ne sortait de sa bouche et son silence rendait plus palpable sa propre impuissance à libérer cette douleur du corps qui la nourrissait. Trébois pensa qu'il aurait pu aimer cette femme, s'attacher à elle, empoisonner une vie trop parfaitement réglée, devenir inquiet, jaloux, insatisfait. Les habitants de l'île avaient raison de la traiter d'étrangère, de la tenir à l'écart, en quarantaine, comme la source possible d'un mal qui pouvait tous les infecter.

Trébois sortit. La simple idée que la vie aurait pu être différente pour lui le meurtrissait. La nuit ensevelissait l'horizon, fermait le ciel. Il allait encore neiger.

Avec précaution, Prudence ferma la porte. Née à Terre-Neuve, elle avait immigré dans l'archipel à dix-huit ans et, après avoir subsisté en coupant du bois, en faisant des ménages, elle avait été heureuse d'être engagée comme gardienne de nuit dans l'infirmerie du dispensaire où la plupart des malades ne faisaient que passer. Elle avait vu Trébois procéder à des amputations, sonder et recoudre des plaies, percer des abcès et, petit à petit, s'était acclimatée à cet univers clos qui sentait l'éther, le bleu de méthylène, la sueur et le sang.

Au fond du dispensaire, Trébois avait arrangé une salle commune pour les malades plus gravement atteints qui ne voulaient pas être transférés à Saint-Pierre ou à Langlade, des enfants que les parents souhaitaient garder près d'eux, des vieillards incapables de s'adapter à un autre horizon que leur île.

Depuis une semaine, elle n'avait plus que deux adultes à surveiller. Le docteur était pessimiste. Dans quelques jours, déplorait-il, les lits seraient vides.

Les rafales de vent plaquaient des paquets de neige aux carreaux, soulevaient des brindilles, faisaient voltiger de vieux papiers. Prudence se détourna de la fenêtre. Elle allait faire un tour dans la chambre des malades puis se verserait une tasse de thé. Depuis la veille, elle restait sur le qui-vive. La mort rôdait. À Terre-Neuve, on disait qu'elle profitait d'un moment d'inattention pour s'emparer de ses proies. Les bruits de la nuit la tenaient éveillée : aboiement des chiens, grattements de branches sur les fenêtres de la resserre qui jouxtait l'infirmerie, appels des oiseaux nocturnes. Pour ne pas s'assoupir, Prudence se parlait à elle-même, chantonnait de vieilles ballades de Terre-Neuve ou tricotait d'interminables cache-nez qu'elle offrait aux malades.

En se servant du thé, elle pensa aux deux femmes. Elle les avait aperçues l'une comme l'autre bien portantes, déambulant dans la rue ou sur le port. Elle enviait alors leur beauté, leur charme. Et aujourd'hui elle faisait leur toilette, humectait leurs lèvres, caressait leurs cheveux pour les rassurer, leur montrer qu'elles n'étaient pas seules.

Près du poêle à bois, il faisait chaud. Prudence ôta son châle. Une des malades avait beaucoup de fièvre. Trébois exigeait qu'elle lui donne souvent à boire. « Elle n'en a plus pour longtemps », avait-il affirmé avant de partir. Parfois elle s'agitait, semblait vouloir parler. Prudence n'aimait pas ces moments-là. Elle ne savait pas quoi faire, elle avait peur de la voir se lever et marcher vers elle. L'autre malade ne bougeait pas. Le docteur disait qu'elle était ailleurs. Il parlait de coma avancé et Prudence ne comprenait pas. Pouvait-on quitter la vie sans pour autant mourir ? Mais alors, où se trouvait-on ?

Prudence s'installa dans son fauteuil, sa tasse entre les mains. Nul dans sa famille ou ses proches n'avait été un mort vivant. Les siens avaient eu des accidents, des fièvres, ils s'étaient noyés ou étaient tombés du toit de leur maison en rajustant des tuiles, des femmes étaient mortes en couches, des jeunes avaient été emportés par la tuberculose. On les enterrait et la vie reprenait.

Prudence monta la lumière de la lampe à pétrole. Cette nuit, elle ne voulait pas s'endormir. Trébois avait demandé qu'on fasse une piqûre à la plus âgée, celle qui avait de beaux cheveux blonds et qui, de temps en temps, ouvrait les yeux, semblait la reconnaître. Elle aimait bien lui caresser le visage. En dépit de sa terrible maladie, sa peau était restée douce. Dans un moment, elle prendrait une cuvette, la remplirait d'eau froide et irait la rafraîchir. De l'autre malade, Prudence avait peur, elle n'aimait pas l'approcher. Le docteur lui avait dit qu'elle s'était suicidée. Prudence ne comprenait pas pourquoi on voulait mourir si jeune quand Dieu vous avait accordé un joli visage, une silhouette gracieuse. Elle n'avait rien reçu de tout cela et s'accommodait pourtant de la vie.

Sa bassine à la main, Prudence avança doucement de peur de réveiller la morte vivante. La chambre exhalait une odeur douceâtre, celle de la sueur mêlée à l'essence de pin avec laquelle on désinfectait le sol.

La malade dormait. Elle lui souleva la tête avec précaution, la cala au creux de son bras. Elle allait remplir la tasse et la faire boire à petites gorgées, puis elle tremperait un chiffon dans la cuvette et lui bassinerait le front, les tempes, les lèvres. Elle aimait sa dépendance, celle d'un enfant, et avait envie de lui chanter en anglais des complaintes de Terre-Neuve. La vie était rude là-bas, plus encore qu'à l'île aux Chiens. On ne causait guère, on ne confiait pas ses inquiétudes, ses chagrins ou ses joies. Mais les familles étaient soudées, solides comme des rocs. Quand le travail manquait, on ne se lamentait pas, ne cherchait pas de boucs émissaires. Les jeunes faisaient leurs paquets et s'exilaient en Nouvelle-Écosse, à Saint-Pierre ou en Amérique. Terre-Neuve n'était pas une terre pour les fainéants ou les contestataires. Les gars avaient pour seul avenir la pêche, les filles le mariage. Ceux qui étaient mis de côté s'en allaient.

Au creux du bras de Prudence, la tête d'Anne semblait légère. Ce soir, son visage était paisible, comme si la souffrance desserrait son étreinte. Une main reposait sur la couverture, une main de désœuvrée aux longs doigts fins dont l'extrême maigreur faisait ressortir chaque phalange. « Des mains de squelette, pensa Prudence. Se peut-il que la vie qui semble subsister en cette femme ne soit qu'une apparence ? Qu'elle soit déjà comme sa voisine de lit une morte vivante ? Et si Dieu n'a pas pris son âme, qui donc la retient prisonnière ? »

Prudence jeta un coup d'œil vers Mathilde Garrec. À part le souffle léger, rien ne signalait la présence de la vie : aucun mouvement, aucune expression sur son visage. Il fallait l'alimenter par une sonde enfoncée dans sa gorge. Trébois s'intéressait beaucoup à cette malade. Assis à son chevet, il semblait méditatif mais captivé. Calculait-il combien de temps il parviendrait à la faire survivre ? Écrivait-il à des confrères français ou canadiens ? Prudence avait peur de cette curiosité morbide. Avait-on le droit d'entraver le destin, de contrer la volonté de Dieu ? Privée de nourriture, Mathilde serait morte en quelques jours, enfin en paix. N'était-ce pas ce qu'elle avait voulu en se jetant du haut d'un rocher ? Prudence se souvenait d'un livre illustré qu'elle avait feuilleté enfant. On y voyait un savant fou occupé à créer un monstre. Était-ce ce que le docteur Trébois avait dans la tête ? Voulait-il devenir le maître de l'âme de cette jeune fille ? Dans la nuit, un oiseau nocturne hulula. Anne Leclerc eut un léger sursaut. « J'ai soif », murmura-t-elle. Prudence approcha. Elle, la disgraciée, la laissée-pour-compte, exerçait un pouvoir absolu sur cette femme qui avait eu les hommes à ses pieds.

Nuit du 12 novembre

Anne boit l'eau fraîche que je lui apporte au creux de mes mains, elle accepte qu'on lui mouille légèrement le visage, elle ferme même les yeux pour mieux savourer le contact de l'eau sur sa peau. Une forte fièvre à nouveau l'accable, je le vois à ses yeux qui brillent trop, à la sécheresse de ses lèvres.

L'aube ne s'est pas encore levée, j'aimerais marcher un peu mais je ne veux pas quitter Anne, j'ai peur qu'elle ne m'échappe, qu'elle ne se dirige vers le phare comme un insecte va vers la lumière qui le consumera. Il n'y a pas de vent, tout est silencieux.

Anne boit à nouveau.

– Quand j'ai appris que Vincent avait couché avec toi, j'ai décidé de le congédier une fois pour toutes, mais pas avant de l'entendre me dire une dernière fois qu'il m'aimait. Lorsque les sentiments sont absents, les mots deviennent faciles. Ils partent de la tête, ils sont ciselés, beaux et efficaces, ils vont droit au but et savent abuser. Ce sont de redoutables pièges. Vincent a mis un peu de temps à s'y engluer mais je le sentais venir, j'étais impatiente et excitée.

Anne a une voix rauque qui ne lui est pas habituelle. Ses lèvres sont sèches et craquelées, elle doit faire un effort pour parler. Moi, je n'en fais aucun pour l'écouter. J'ai posé la main sur son épaule, elle a légèrement tressailli.

– Il est revenu vers toi quand je commençais tout juste à être sincère avec lui, à m'y attacher.

Anne a un petit rire bref.

– Les mots sont de petites balles brillantes ou ternes avec lesquelles on jongle. Que l'un remplace l'autre, et tout change, même si les balles restent les mêmes, de petites choses fabriquées sans valeur. Au moyen de quelques mots, on peut rendre heureux ou détruire, encenser ou jeter l'opprobre. La règle est si facile, un jeu d'enfant pervers. Pour qu'il prononce les mots que j'attendais, je n'ai plus dit à Vincent que je l'aimais, je le séduisais froidement avec délectation.

Quand il faisait un pas en avant, je reculais, imperceptiblement pour qu'il ait l'impression de pouvoir m'atteindre, me reprendre, m'enfermer dans ses bras.

J'entends le souffle d'Anne, je vois la sueur qui perle à son front, à ses tempes. L'intensité de son regard me trouble.

– Quand Vincent a regagné Montréal, je n'ai pas répondu à ses lettres. Je les jetais sans les lire. Ce qu'il me disait ne m'intéressait plus.

– Peut-être t'avouait-il ce que tu avais si fort attendu.

– Qu'il m'aimait ? Ses mots ne pouvaient plus me toucher. En le castrant, je m'étais stérilisée. Je me moquais de lui et de moi-même comme si la chaîne qui me reliait à cet homme ne parvenait pas à se rompre et que sa chute m'entraînait inévitablement. Il est revenu en septembre, juste avant l'hiver pour me proposer de vivre avec lui à Montréal. Il allait se séparer de sa femme. Je le poussais à faire de longues promenades. L'air était déjà frais, la brume persistante. La surface de la mer était lisse, la lumière tamisait le paysage autour de nous. Un matin sur la plage il m'a dit : « Nous resterons toujours ensemble, toi et moi, nous aurons une belle vie, nous ne ferons plus qu'un. » J'ai serré sa main sans répondre. Mais il avait raison, nous étions désormais inséparables.

De retour à Montréal, Vincent a avoué à sa femme qu'il était amoureux d'une autre et voulait refaire sa vie. Je recommençais à lire ses lettres, à nouveau j'y prenais un certain intérêt. Elles m'offraient les fruits de ma victoire. Je me sentais toute-puissante, j'avais pitié de lui.

Anne s'est tue et j'ai pensé à Vincent. Est-il toujours à Montréal, est-il revenu à sa femme ? Peut-être est-il heureux à nouveau, peut-être commence-t-il à se détacher d'Anne, à s'étonner de son amour pour elle, comme d'une faiblesse, d'une incongruité. Sans doute m'a-t-il oubliée, moi que l'on prenait facilement, qui ne demandait jamais rien. Pas une fois Vincent ne m'avait écrit, pas même envoyé la carte postale qu'il m'avait promise. Nos rôles étaient bien définis : je lui offrais le plaisir sans histoires, sans questions, une bonne entente dépourvue d'arrière-goût. Je n'avais aucun ascendant sur lui. Il se sentait bien. Tout était simple. J'étais une fille qui ne demandait pas d'argent, je n'avais pas de métier, pas de mari, pas de respectabilité, il n'avait pas à résoudre mes problèmes, pas même à les écouter. On pouvait me mépriser, m'humilier sans se sentir coupable. Mais quel moyen avais-je pour exister ? Par mon sexe, j'avais eu de l'importance comme petite fille, comme adolescente puis comme femme. À treize ans, j'avais décidé de prendre les hommes plutôt que d'être prise par eux.

Si nos souvenirs sont différents, Anne et moi avons une mémoire commune : celle des femmes dressées à jouer la carte de leur féminité, que celle-ci soit ou non gagnante. Quand on vit par l'épée, est-il écrit quelque part dans un Évangile, on doit mourir par l'épée. Anne et moi avons eu ce que nous voulions et étions bien punies. Justice était faite.

Aujourd'hui je me sens enfin indépendante. Je devine la lande, les rocs, la frange dentelée de la brume qui s'étire là où se déroulent les vagues. Anne est près de moi, elle est venue ici par hasard. Il me semble que nous sommes l'une avec l'autre, épaule contre épaule depuis toujours.

Je noue mon propre châle autour de son cou, tout est irréel à l'exception de l'éclat de son regard, du charme de son sourire. Jamais je n'ai été liée aussi étroitement à qui que ce soit. Je ne sais pas si elle reverra la lumière du jour. Nous avons froid l'une et l'autre. Elle respire avec peine et laisse aller sa tête sur moi.

Anne fixe l'horizon. Croit-elle pouvoir décider quelqu'un à venir la chercher ? Elle murmure :

– J'ai vraiment cru aimer Vincent. En réalité, il est arrivé dans ma vie au moment où j'étais prête à tomber amoureuse, où je voulais aimer pour vivre une belle aventure, écouter une histoire qui parlait enfin de moi.

Quand je lui ai écrit ma dernière lettre, j'ai eu le courage de lui dire que je ne l'aimais plus. Cet échec était avant tout le mien. L'amour obsessionnel n'est accepté par personne, pas même par ceux qui le vivent. C'est une émotion égoïste déguisée en générosité, en désintéressement. Une déchéance.

Au cours de ma liaison avec Vincent, j'ai écrit des dizaines de pages dans lesquelles je le suppliais, lui faisais d'absurdes promesses. J'ai usé de mots humiliants, pathétiques qui suaient la solitude. Ce sont ces mots qui m'ont empoisonnée.

Je pense à moi. Ce ne sont pas des mots qui m'ont étouffée mais le silence des jours et des heures. Lorsque je me suis laissé entraîner par le ressac qui me jetait sur les rochers, lorsque j'ai senti la douleur et vu mon sang, j'ai compris que j'existais. Le pêcheur qui m'a tirée sur la berge a affirmé : « C'est un accident, elle a glissé. » Une excuse, un moyen de se voiler la face. Chacun était innocent. J'allais mourir pour un étourdissement. Un vertige en effet causé par le mépris, beaucoup de mains, de sexes tendus vers moi, pas assez de générosité. Pour la première fois de ma vie, j'avais un rendez-vous que j'attendais avec impatience. J'avais reçu trop d'amour, trop tôt ou pas assez, trop tard. Je payais le prix du respect : un étourdissement. On m'avait vue assise un moment plus tôt sur un rocher. J'avais l'air paisible, tout à fait bien. Moi qu'on avait toujours jugée à moitié folle, j'étais raisonnable, enfin résignée. On n'aurait plus qu'à faire le ménage.

Mais je suis là, j'entends le docteur Trébois, maman, la garde. Je me fiche d'eux. Aujourd'hui je suis à l'abri près d'Anne. En sécurité.

Durant un moment Prudence hésita. Devait-elle s'enrouler dans sa cape, coiffer son bonnet, enfiler ses bottes et se rendre chez le docteur Trébois ? La neige tombait dru, aveuglait. La malade du lit numéro un vivrait bien jusqu'à l'aube. La lampe que Prudence tenait à la main balayait d'une lueur blafarde le sol carrelé de gris, les murs peints en blanc, les deux lits avec leurs couvertures de laine brune. Les ombres, le silence donnaient l'impression d'une vague menace.

Après une petite heure de sommeil, Prudence se sentait épuisée, incapable de prendre une décision. Elle allait se faire un café, se réchauffer au coin du poêle à bois. Dans la rue, elle pouvait glisser, se casser un membre et appeler en vain au secours. Ou rencontrer un loup-garou perché sur des échasses.

La chaleur du poêle engourdit la vieille fille qui ôta son châle, étendit les jambes. Nul bruit ne provenait de la chambre des malades et elle n'avait guère envie d'aller y jeter un coup d'œil. Allongées sur leur lit, l'une avec son bandage sur la tête, une minerve autour du cou, l'autre décharnée, blafarde, elles la déstabilisaient et l'épouvantaient. Pourquoi cette longue agonie ? Prudence en voulait à Dieu.

Par bribes, elle avait appris leur histoire, l'une était une femme mariée abandonnée par sa famille et son amant, l'autre une sorte de prostituée qui avait déshonoré son père en couchant avec la plupart des garçons de l'île. On chuchotait même qu'elle avait séduit pour un temps l'amant d'Anne. « Un drôle de monde », pensa Prudence. Ses yeux se fermaient. La vie était mal faite. Ces femmes de rien décrochaient les hommes qu'elles désiraient alors qu'elle-même, vertueuse et

139

bonne chrétienne, était condamnée à la solitude. Mais c'était peut-être un mal pour un bien. À Terre-Neuve, on prétendait que chaque femme qui s'affirmait un peu trop avait un grain de folie. Suzanne Scott, qui avait pris la direction d'une conserverie et traité ses ouvrières avec rudesse, n'avait-elle pas terminé sa vie à l'asile ? Et Marion Langlen qui avait fait divorcer un clerc de notaire était atteinte du petit mal[1].

Prudence avait l'impression de flotter dans un espace douillet et rassurant. Elle ne voyait plus la sueur ruisselant sur le visage d'Anne Leclerc, ni l'état végétatif de Mathilde Garrec. De seulement y penser lui donnait le frisson. Parce qu'elles n'avaient rien compris, elles allaient mourir. On ne venait pas sur terre pour agir selon son bon plaisir.

Prudence s'étonnait du goût qu'avaient eu Anne et Mathilde pour les hommes. Elle-même ne les appréciait guère. Enfant, elle avait été battue par ses frères, elle avait eu faim et froid. À dix ans, elle travaillait à la conserverie et jamais plus tard n'avait eu le temps de se demander si elle plaisait ou non. Sans doute n'était-elle pas jolie car on ne la courtisait guère, mais plus d'un ouvrier aurait bien voulu quand même la trousser derrière un hangar ou dans les locaux désaffectés de l'usine. Elle savait bien les remettre à leur place. Puis elle avait quitté Terre-Neuve pour l'archipel français. Ce déménagement avait été la grande

---

1. Épilepsie.

aventure de sa vie. Dans le sillage du bateau qui l'amenait à Saint-Pierre, elle avait abandonné ses pauvres souvenirs, les illusions qu'ont les jeunes filles, une famille où elle n'avait plus sa place. Elle n'avait pas vingt ans, et était guérie de sa jeunesse.

Prudence s'endormait, sourde au poêle qui ronflait, au vent qui sifflait. Libre, son esprit s'envolait à nouveau vers des plages blondes ourlées d'une mer bleu turquoise. Il y avait des cabines de bain peintes de toutes les couleurs, des femmes en robe blanche, tenant des ombrelles, des enfants qui jouaient au ballon. Une image de carte postale qu'elle avait admirée bouche bée quelques années plus tôt chez sa maîtresse d'école. Un paradis que jamais elle ne connaîtrait. Son univers à elle était en gris, en bleu fané et en blanc, hanté par le hurlement du vent dans les pins, le choc des vagues contre le môle du port, les plaintes sinistres de la corne de brume. Mais il offrait aussi le bonheur du premier soleil au printemps, la brise portant des senteurs oubliées au cours de l'interminable hiver, le retour des baleines et des morses, les filets des pêcheurs regorgeant de cabillauds, les bras de mer qui le soir à marée haute prenaient des reflets d'aigue-marine. Les pluies d'été chassaient le brouillard, épanouissaient les fleurs dans les jardinets. Tandis que les hommes étaient en mer, les femmes briquaient les maisons, battaient les tapis, faisaient reluire les cuivres, lavaient des brassées de linge dans l'eau claire et glacée du lavoir.

Prudence savait à présent qu'elle n'irait pas ce soir chez le docteur Trébois. Quelle importance pouvaient avoir quelques heures de plus ou de moins à vivre ? En restant au coin du poêle, elle faisait œuvre pie. Le bon Dieu l'en récompenserait.

Aube du 12 novembre

Je serre Anne contre moi. Elle murmure :
– Lorsque j'ai su que j'étais très malade, j'ai écrit à Vincent en choisissant des mots durs. Je ne voulais pas qu'il revienne. Il m'a répondu qu'il ne pourrait oublier les termes dont je m'étais servie pour le blesser, l'humilier, que jamais il ne me pardonnerait. C'était ce que je voulais. Être seule avec le cancer qui me dévorait comme il avait rongé maman. Il ne pouvait plus se montrer gentil, compatissant ou généreux, il était condamné au silence. Un homme dans la foule, un être anonyme. Puis, après avoir coupé toute relation avec lui, j'ai repensé à mon mari et à mon enfant. Je ne m'étais affirmée qu'en les faisant souffrir. Pour les punir de ne pas m'avoir aimée assez.

Anne semble réfléchir et mon bras qui tenait ses épaules retombe le long de mon corps. Elle pose sur moi un regard anxieux, implorant. J'entends le bruit régulier des vagues, la lumière du phare est brillante, presque aveuglante. Il y a autour de nous une odeur d'agonie. Mais l'air est très doux, il n'y a pas un souffle de vent. Anne a raison, nous avons souffert de ne pas avoir trouvé notre place parmi les nôtres. Peut-être en étions-nous incapables. Peut-être ne détenions-nous pas le pouvoir de croire à la durée des relations humaines, de comprendre que cette permanence valait toutes les brèves rencontres. En refusant l'hypocrisie, nous nous sommes manqué de respect et nous avons été sanctionnées en nous retrouvant ici, serrées l'une contre l'autre, dans une nuit sans fin.

Je caresse les cheveux d'Anne. Ils sont collés par les embruns, emmêlés, rêches. Je suis plus forte qu'elle, plus indépendante, je la domine. Elle s'accroche encore à son passé, je n'en ai plus, en ai-je jamais eu ? Anne a eu des projets, elle a été mariée, mère, elle est partie au loin un beau matin comme on rêve d'aller sur une île tropicale passer la fin de ses jours. Mais l'oiseau de paradis s'est trouvé vite englué dans un piège banal, posé par le hasard ou la fatalité.

Je n'ai jamais cru en l'intimité des cœurs, ou peut-être jamais eu l'occasion de pouvoir y croire. Même avec Vincent, surtout avec lui. Avec Anne, peut-être. Nous aurions dû nous rencontrer plus tôt, nous apprivoiser, nous faire confiance. J'aurais pu la guérir de ses utopies et elle aurait pu m'aider à espérer. En réalité, Anne a toujours appartenu à son passé et elle y retourne aujourd'hui. On l'enterrera aux Trois Rivières et son fils viendra déposer des fleurs sur sa tombe.

Il bruine, la première pluie depuis que nous sommes sur l'île.

– Tout a un sens, me souffle Anne, chaque vie a une fin heureuse.

Je continue à caresser son visage, passe un doigt sur ses lèvres craquelées par la sécheresse. J'aurais préféré que, comme moi, elle garde en elle de la colère mais elle se soumet, elle accepte. Cette nuit je n'en ai jamais été aussi sûre, la rage est la seule véritable émotion que puisse ressentir avec force un être humain, celle des petits enfants qui ne connaissent pas encore les concessions, des vieillards qui n'en font plus. J'éprouve un violent dépit en pensant que j'ai toujours été en marge du monde et le resterai parce que je suis finalement heureuse dans cette zone grise et silencieuse, cet espace où je peux enfin exister seule sous la lumière éteinte d'une lune imaginaire.

La pluie sent les herbes sauvages alors qu'il n'en pousse pas sur cette île. La lumière du phare semble la faire danser, lui donne des reflets d'or.

Anne dit :

– Il faut oublier, s'en aller pour oublier.

Je l'entoure de mes bras et la serre contre moi. Elle chuchote :

– Je veux me reposer.

La pluie ruisselle sur son visage, je l'efface à petits coups de langue puis je prends sa bouche. Sa salive a goût de sel, je sens les pulsations de son cœur. Je bois ce qui lui reste de vie pour la faire mienne.

Les gouttes de pluie martèlent le rocher contre lequel nous sommes appuyées. Nous sommes cette pluie et ce rocher, la mer et la plage, le phare et sa lumière. Pour la première fois, je ferme les yeux, je me laisse emporter par le souffle d'Anne, les battements de son cœur. Je suis émue, moi aussi. Il y a au creux de mon ventre un désir que je n'ai jamais éprouvé auparavant. Anne a noué ses bras autour de ma poitrine, elle se serre contre moi, ensemble nous nous laissons emporter par la fin du temps, là où il n'y a plus à attendre ou à se séparer.

Nos lèvres ne peuvent se quitter. Anne, j'en suis sûre, va vivre pour moi, elle va lutter contre ses mirages, guérir, laisser sa main dans la mienne, même si je ne peux plus marcher, plus rire, plus parler. Elle me racontera la vie, elle sera ma bouche et mon regard.

Sa salive est douce, suave. Je pense à ces vins exotiques que je goûtais dans un bar de Saint-Pierre lorsque je m'étais enfuie de l'île aux Chiens. J'aimais prononcer leurs noms à haute voix : malaga, porto, xérès... Après quelques gorgées, ils faisaient tourner la tête, ils donnaient envie de pleurer.

Anne et moi, nous nous endormons dans les bras l'une de l'autre. Je la tiens serrée pour qu'elle ne me quitte pas. La pluie sent la menthe, elle rafraîchit, elle apaise.

Je me suis endormie quelques instants dans la chaleur d'Anne, son odeur. Le vide m'a réveillé. Elle était partie.

J'ai couru jusqu'au chenal. J'ai hurlé, tendu le poing, non pas pour appeler un fantôme mais afin qu'Anne revienne vers moi. Et si le gardien du phare finalement existait, s'il séquestrait pour toujours ses victimes ? Anne avait-elle rejoint Camille ?

Je suis tombée à genoux et j'ai supplié. Le fanal est ténu comme un point de lumière jaune dans le léger brouillard. Tout est paisible, le ressac dans le chenal s'est fait clapotis, l'eau est un peu argentée avec des reflets verdâtres.

Je pleure. Qu'espère le gardien du phare ? Que je me rende, que je me soumette, que je rampe à ses pieds ? J'ai bu déjà de cette potion jusqu'à la nausée, je n'en veux plus.

Il ne fait pas froid mais je claque des dents, je grelotte. Au chagrin fait place peu à peu la colère. Il n'y a pas de place pour deux personnes sur cet îlot, il ne peut y avoir deux maîtres. Que le gardien du phare se manifeste et je le tuerai. Alors je serai la souveraine absolue de la vie et de la mort. Je serai Dieu.

Camille a été enterrée à l'île aux Chiens, Anne aux Trois Rivières. Trois ans plus tard, Mathilde est toujours vivante. On l'a transférée à l'hôpital de Saint-Pierre où sa mère vient la visiter aussi souvent que possible. Le coma dans lequel elle est plongée peut se prolonger longtemps encore.

Catherine Hermary-Vieille
dans Le Livre de Poche

La Bourbonnaise n° 15508

Personne, en cette année 1769, n'aurait pu soupçonner l'amour fou qui allait unir Jeanne du Barry à Louis XV, le monarque libertin et tout-puissant. Une femme exceptionnelle – et controversée – qui a régné sans partage à la cour et dans le cœur du roi.

LE CRÉPUSCULE DES ROIS

1. *La Rose d'Anjou* n° 30116

1465. Une époque sombre, fastueuse et violente, et des personnages hors du commun ; des femmes comme Marguerite d'Anjou, fille du roi René, et la parvenue Elizabeth d'York, des enfants à la dramatique destinée, comme les deux fils du roi Edouard IV. La mort de l'ultime descendant des York met un terme à la guerre des Deux-Roses qui opposa de 1455 à 1485 les Lancastre et les York.

2. *Reines de cœur* n° 30117

Quatre reines évoluent autour du roi Henry VIII, personnage autoritaire, sensuel, tyrannique et flamboyant. Margaret, sa sœur aînée, reine d'Écosse, Mary, sa cadette, épouse de Louis XII et reine de France. Catherine d'Aragon, son épouse, balayée par la passion qui saisit Henry pour l'ambitieuse et séduisante Anne Boleyn.

3. *Les Lionnes d'Angleterre* n° 30118

Henry VIII fait et défait les alliances dans une Europe ensanglantée par les guerres de Religion, où fleurissent pourtant les arts et les lettres. Amateur de femmes, Henry en aura six, qu'il aimera, répudiera ou supprimera au gré de ses envies, obsédé par le souci d'assurer au trône une descendance.

LES DAMES DE BRIÈRES

1. *Les Dames de Brières* n° 14987

Lorsque, au début du XXe siècle, Valentine achète le domaine de Brières et s'y installe avec son mari écrivain, elle n'a cure des légendes de sorcellerie qui l'entourent. Pourtant, Valentine sentira bientôt peser sur elle, mystérieusement, la malédiction des Dames de Brières.

2. *L'Étang du diable* n° 15073

Le destin de Valentine se prolonge ici à travers une autre génération, qui traverse l'Occupation et l'après-guerre : celle de Renée, la fille de Valentine, qui a voulu fuir le domaine familial, et de Colette, à qui son idée de la liberté amoureuse a valu les outrages de la Libération. À Brières, dans un très vieux grimoire, gît sans doute le secret de l'étang du Diable.

3. *La Fille du feu* — n° 15210

Françoise, la fille de Renée, subira-t-elle à son tour le maléfice ? C'est dans le Paris des années 1960 que se joue son destin, entre la passion qui l'unit à Christian, député ambitieux, et son métier d'avocate.

Lord James — n° 31026

Dans l'Écosse déchirée par les guerres de Religion, le protestant James Hepburn a choisi son camp : celui des catholiques. Dénoncé, calomnié, il part en exil et rejoint la cour de France. Cette existence tumultueuse le conduira jusque dans les bras de sa souveraine, la troublante et fragile Marie Stuart.

Du même auteur :

Aux Éditions Albin Michel

Les Dames de Brières :
  Les Dames de Brières (t. 1)
  L'Étang du diable (t. 2)
  La Fille du feu (t. 3)
La Bourbonnaise
Le Crépuscule des rois :
  La Rose d'Anjou (t. 1)
  Reines de cœur (t. 2)
  Les Lionnes d'Angleterre (t. 3)
Lord James
Le Roman d'Alia
Les Années Trianon

Chez d'autres éditeurs

Le Grand Vizir de la nuit, Prix Femina 1981, Gallimard.
L'Épiphanie des dieux, Prix Ulysse 1983, Gallimard.
L'Infidèle, Prix RTL 1987, Gallimard.
Le Jardin des Henderson, Gallimard.
La Marquise des ombres, Olivier Orban.
Un amour fou, Prix des Maisons de la Presse 1991, Olivier Orban.

Romy, Olivier Orban.
La Piste des turquoises, Flammarion.
La Pointe aux tortues, Flammarion.
Lola, Plon.
L'Initié, Plon.
L'Ange noir, Plon.
Le Rivage des adieux, Pygmalion.

 www.livredepoche.com

- le **catalogue** en ligne et les dernières parutions
- des **suggestions de lecture** par des libraires
- une **actualité éditoriale permanente** : interviews d'auteurs, extraits audio et vidéo, dépêches…
- **votre carnet de lecture** personnalisable
- des **espaces professionnels** dédiés aux journalistes, aux enseignants et aux documentalistes

Composition réalisée par IGS-CP

Achevé d'imprimer en novembre 2009, en France sur Presse Offset par
Maury-Imprimeur - 45330 Malesherbes
N° d'imprimeur : 151117
Dépôt légal 1re publication : décembre 2009
LIBRAIRIE GÉNÉRALE FRANÇAISE - 31, rue de Fleurus - 75278 Paris Cedex 06

31/2838/6